INTERRO SURPRISE BREVET

3e Cycle 4

PHYSIQUE CHIMIE

- TOUT LE COURS EN 52 QUESTIONS / RÉPONSES
- 150 EXERCICES CHRONOMÉTRÉS ET CORRIGÉS

ellipses

Thierry Paquerot

Retrouvez tous les titres de la collection
et des extraits sur www.editions-ellipses.fr

ISBN 9782340-024168

www.editions-ellipses.fr

TABLE DES MATIÈRES

RAPPELS INDISPENSABLES

1 QUELLES SONT LES RÈGLES POUR RÉALISER UN DESSIN ?

Différence entre schéma et dessin ?

Un dessin est la représentation soit d'un objet, d'un phénomène, d'une expérience de ce que l'on observe visuellement ou soit d'un modèle.
Un **modèle** est la représentation sous la forme d'un dessin, de maquette, d'un croquis, d'un phénomène physique que l'on ne peut pas observer parce qu'il est trop grand ou trop petit.
Un dessin peut être le plus réaliste possible (notamment en SVT pour des observations microscopiques) ou simplifiés (pour les expériences lors des réactions chimiques) de ce que chacun observe avec plus ou moins de détails, alors qu'un schéma suit une codification et des règles qu'il faut suivre obligatoirement.

Comment réaliser un dessin ?

Pour réaliser correctement un dessin, il faut :
- utiliser un crayon de papier bien taillé ;
- utiliser au maximum, la règle ;
- faire un dessin propre, sans taches, ni ratures ;
- faire apparaître une légende complète située à droite en traçant un trait à la règle ;
- utiliser des crayons de couleurs si nécessaire.

Exemple

Dessin d'une expérience le jour et la nuit sur la Terre :

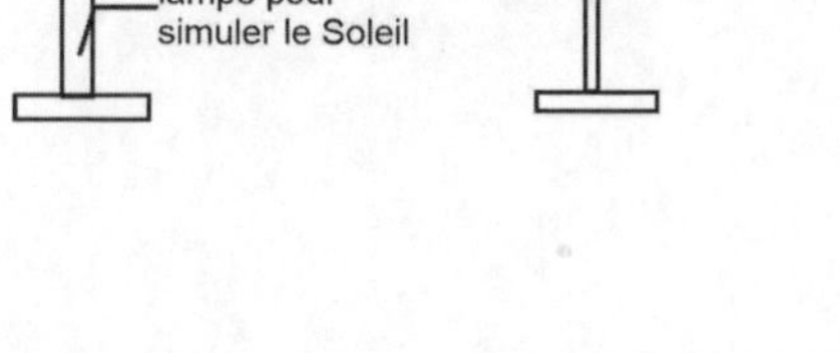

TOP CHRONO
C'est l'interro !

Exercice 1.1 (7 pts) *9 min*

1. Qu'est-ce qu'un modèle en sciences physiques ?
2. Quelles règles faut-il appliquer pour réaliser correctement un dessin ?
3. Quelle est la différence entre un dessin et un schéma ?

Exercice 1.2 (9 pts) *10 min*

Réaliser le dessin du modèle du système solaire. On rappelle que le système solaire contient une étoile, le Soleil et 8 planètes (Mercure, Vénus, Terre, Mars, Jupiter, Saturne, Uranus, Neptune) qui tournent autour du Soleil de manière approximativement circulaire.

Exercice 1.3 (6 pts) *5 min*

Réaliser le dessin d'une lampe à incandescence en faisant apparaître le fil métallique traversant les différentes parties de la lampe (ampoule, plot et culot).

2 COMMENT RÉALISER LE DESSIN D'UNE EXPÉRIENCE DE CHIMIE ?

Différence entre le dessin d'observation et un dessin d'expérience ?

Pour le dessin d'une expérience, il faut dessiner les différentes étapes de l'expérience en faisant apparaître à chaque fois, l'état initial (avant) et l'état final (après) en les séparant par une flèche.
On ne dessine pas le récipient (pipette, pissette, bécher) servant à verser un produit chimique dans un autre récipient, mais on fait une flèche courbée avec le nom du produit versé.
Il faut utiliser les dessins normalisés des récipients de chimie, sans mettre de légende pour les récipients.

Les dessins normalisés des récipients de chimie

Récipient	Dessin normalisé	Récipient	Dessin normalisé
Bécher		Verre à pied	
Ballon à fond rond		Ballon à fond plat	
Balance	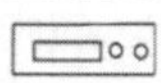	Seringue	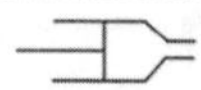
Erlenmeyer		Tube à essais	
Éprouvette graduée		Entonnoir	
Coupelle		Agitateur	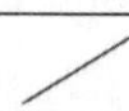

Exemple

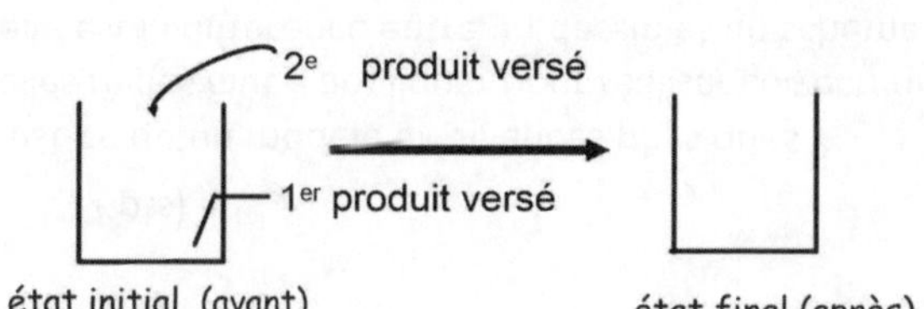

TOP CHRONO
C'est l'interro !

Exercice 2.1 (6 pts) *5 min*

On réalise le mélange de 20 mL d'essence de térébenthine liquide dans un bécher contenant 30 mL d'eau liquide. On observe que les deux liquides ne se mélangent pas et que l'eau se retrouve en dessous de l'essence de térébenthine.

1. Quel est le volume de chacun des constituants du mélange ?
2. Réaliser le dessin de l'expérience décrite dans l'énoncé.

Exercice 2.2 (9 pts) *10 min*

On met un bécher sur une balance, on appuie sur le bouton TARE pour remettre l'affichage de la balance à zéro. Puis, on remplit le bécher de façon à obtenir une masse de 12 g. Après, on verse le sel dans un erlenmeyer contenant un volume d'environ 50 mL d'eau à 50 °C. Après avoir remué, on obtient un mélange homogène contenant du sel dissous dans l'eau.

1. Combien d'étapes importantes comporte ce protocole expérimental ?
2. Dessiner les différentes étapes de l'expérience.

Exercice 2.3 (7 pts) *7 min*

Un élève doit réaliser un test d'identification d'eau sur un morceau de pomme. Il dépose un morceau de pomme sur une coupelle et verse du sulfate de cuivre anhydre. Il observe que le sulfate de cuivre anhydre devient bleu.

1. Dessiner les différentes étapes de l'expérience.
2. Que peut interpréter l'élève de cette expérience ?

3 COMMENT RÉALISER UN SCHÉMA ÉLECTRIQUE ?

Comment réaliser un schéma électrique

Pour réaliser correctement un schéma électrique, il faut :
- utiliser un crayon de papier bien taillé ;
- utiliser au maximum la règle ;
- faire un dessin propre, sans taches, ni ratures ;
- le schéma ne doit pas contenir de légende ;
- respecter les règles des schémas électriques.

Les règles des schémas électriques

Les règles à respecter pour la réalisation d'un schéma électrique sont :
- il faut tracer des traits horizontaux et verticaux pour représenter les fils reliant les dipôles ;
- il faut utiliser les schémas normalisés des dipôles ;
- faire un dessin propre, sans taches, ni ratures ;
- il ne faut pas mettre de dipôles dans des coins ;
- le schéma doit former, à la fin, un carré ou un rectangle.

Les schémas normalisés des dipôles électriques

Dipôle	Schéma normalisé	Dipôle	Schéma normalisé
Fil		Lampe	
Interrupteur ouvert		Interrupteur fermé	
Pile	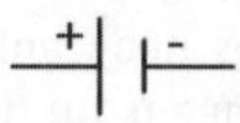	Générateur	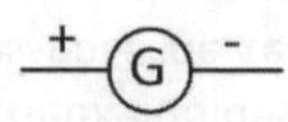
LED ou DEL	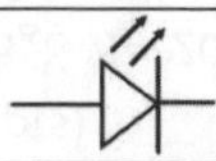	Diode	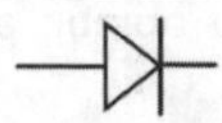
Moteur	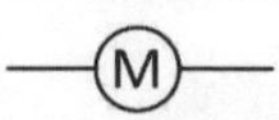	Ampèremètre	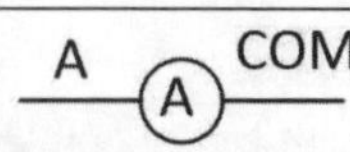
Voltmètre	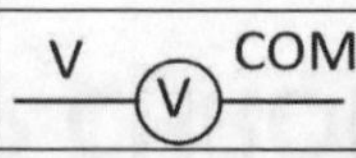	Générateur tension variable	

TOP CHRONO
C'est l'interro !

Exercice 3.1 (5 pts) *5 min*

Schématiser un circuit en série comportant un moteur, une pile, une lampe et un interrupteur de manière à ce que la lampe soit allumée.

Exercice 3.2 (7 pts) *6 min*

Schématiser un circuit en série comportant un générateur, un moteur, une lampe et une DEL passante.

Exercice 3.3 (9 pts) *7 min*

Schématiser un circuit en série comportant un générateur, un interrupteur fermé et une lampe L_1. Ajouter une lampe L_2 en dérivation avec le générateur.

Exercice 3.4 (10 pts) *9 min*

Schématiser un circuit en dérivation comportant un générateur et un interrupteur dans la branche principale, une lampe dans une première branche dérivée et un moteur dans une deuxième branche dérivée.

4 QUELLE EST LA DIFFÉRENCE ENTRE GRANDEUR, UNITÉ ET MESURE ?

Qu'est-ce qu'une grandeur ?

Un objet peut être caractérisé par une ou plusieurs grandeurs susceptibles de subir une variation (un changement) et qui permettront de décrire un système (objet étudié). Elle peut être estimée ou mesurée. Par exemple on peut caractériser un objet par sa longueur, son aire, son volume ou sa masse.
Parfois, il existe plusieurs mots pour décrire des caractéristiques différentes d'un système mais qui correspondent à la même grandeur, comme la longueur, la distance, la taille, la largeur, la hauteur, la profondeur.

Qu'est-ce qu'une unité ?

Une unité est un objet de référence (étalon de mesure) pour comparer la même grandeur de plusieurs objets. Chaque grandeur possède une ou plusieurs unités. Il existe :

- les unités légales ou unités du système internationales (USI), composées des 7 unités de base et de leurs unités dérivées ;
- les unités usuelles, utilisées pour des raisons pratiques ou historiques.

Qu'est-ce qu'une mesure ?

Une mesure correspond au nombre de fois qu'il faut reproduire une unité pour trouver une estimation de la valeur de la grandeur dont on veut caractériser un objet. Pour cela, il faut utiliser l'appareil de mesure adapté.

L'écriture des mesures

Le **nom des unités** s'écrit toujours en **minuscule** et **s'accorde** (un mètre, deux mètres), sauf pour l'échelle des températures en degrés Celsius qui conserve une majuscule : 15 degrés Celsius.
Le **symbole des unités** issues de noms communs s'écrit en **minuscule** alors que celles ayant pour origine un nom propre, en hommage à un scientifique, s'écrivent en **majuscule**. Concernant le litre, la lettre majuscule « L » fut adoptée pour éviter les confusions entre le « l » minuscule et le chiffre « 1 ».
Une mesure s'écrit à l'aide d'un nombre suivi de son unité.

Exemple : le résultat de la mesure d'une tension électrique de valeur 2, on écrira : la tension est de 2 volts ou la tension est de 2 V.

TOP CHRONO
C'est l'interro !

Exercice 4.1 (5 pts) *4 min*

1. Citer une grandeur mesurée par une règle.
2. Quelle est la grandeur caractérisant une quantité de matière ?
3. Quelle est la grandeur correspondant à la place d'un objet ?
4. Quelle est la grandeur caractérisant la valeur du courant électrique ?
5. Quelle est la grandeur mesurée par un thermomètre ?

Exercice 4.2 (10 pts) *6 min*

Écrire en toutes lettres les mesures suivantes :

1. 4 000 V
2. 300 m
3. 1 500 L
4. 9 A
5. 85 °C

Exercice 4.3 (8 pts) *3 min*

Écrire les mesures suivantes avec un nombre et le symbole de la mesure :

1. Deux cent cinquante ampères.
2. Zéro virgule cinq cent soixante-dix-huit mètres.
3. Vingt-cinq kilomètres par heure.
4. Mille trois cent trente-neuf mètres cubes.

5 QUELLE EST LA DIFFÉRENCE ENTRE UNE UNITÉ LÉGALE ET UNE UNITÉ USUELLE ?

Qu'est-ce qu'une unité légale ?

Une unité légale ou unité du système internationale (USI) est une des sept unités de base ou de leurs unités dérivées. Ces unités ont été établies pour avoir une harmonisation et un langage commun entre tous les pays et ainsi pouvoir communiquer des valeurs.
De plus, ce sont ces unités qui doivent être utilisées lors d'un calcul, pour que le résultat obtenu soit dans l'unité légale de la grandeur calculée.
Les unités légales à connaître en classe de troisième sont :

Grandeur	Lettre de représentation	Unité légale	Symbole
Longueur, distance, hauteur	ℓ, d, h	mètre	m
Temps, durée	t	seconde	s
Aire, surface	A	mètre carré	m^2
Volume	V	mètre cube	m^3
Pression	P	pascal	Pa
Tension électrique	U	volt	V
Intensité électrique	I	ampère	A
Résistance électrique	R	ohm	Ω
Masse	m	kilogramme	kg

Qu'est-ce qu'une unité usuelle ?

Une unité usuelle correspond à une des autres unités qui ont été créées et utilisées avant l'établissement des unités du système international.
Ces unités restent utilisées pour des raisons pratiques car elles sont plus adaptées à la mesure qui est effectuée où pour des habitudes historiques suivant les pays.

Par exemple, pour la température, on utilise le degré Celsius, pour la pression des pneus, on utilise le bar, pour le volume, c'est le litre (1 000 m^3), pour la masse, il y a la livre (500 g), le quintal (100 kg) et la tonne (1 000 kg). Pour les Anglo-Saxons, on peut citer le pouce, le mile (1,6 km), le yard (0,91 m) comme unité de longueur.
Pour chacune des unités usuelles, il y a une correspondance avec l'unité légale, c'est-à-dire que l'on peut écrire un signe égal entre les deux : 1 m^3 = 1 000 L.

TOP CHRONO
C'est l'interro !

Exercice 5.1 (11 pts) *7 min*

1. Qu'est qu'une unité légale ?
2. Pourquoi utilise-t-on une unité usuelle ?
3. Lors d'un calcul quelle unité faut-il utiliser ?
4. Citer l'unité légale et le symbole de la masse.
5. Citer l'unité légale et le symbole d'une durée ou d'un temps.
6. Citer l'unité légale de la tension électrique.

Exercice 5.2 (4 pts) *3 min*

1. Quelle est la grandeur dont l'unité légale est le m^2 ?
2. Quelle est la grandeur dont l'unité usuelle est le quintal ?
3. Quelle est la grandeur dont l'unité légale est l'ohm ?
4. Quelle est la grandeur dont l'unité usuelle est le bar ?

Exercice 5.3 (7 pts) *5 min*

1. Le degré Celsius est-il une unité légale ou une unité usuelle ?
2. Quelle est l'unité usuelle généralement utilisée pour les mesures de volume de liquide ?
3. Quelle est la valeur d'un quintal en unité légale ?
4. Le mètre cube est-il une unité légale ou une unité usuelle ?
5. Quelle est la correspondance d'un litre en unité légale ?

6 PUISSANCE DE 10 ET NOTATION SCIENTIFIQUE

Les puissances de 10

On utilise les puissances de 10, pour écrire plus facilement des grands nombres sous la forme, 10^n, avec n un nombre entier naturel :

	si $n < 0$	si $n > 0$
Notation	$10^n = \frac{1}{10^n} = 0,00\ldots01$ (n zéros)	$10^n = 10 \times \ldots \times 10 = 100\ldots0$ (n facteurs 10, n zéros)
Exemple	$10^{-2} = 0,01$	$10^3 = 1\,000$

Remarque : si $n = 0$ alors $10^0 = 1$

Pour écrire un nombre en utilisant les puissances de 10, il faut compter le nombre de fois que l'on déplace la virgule. Si on déplace la virgule vers la gauche, on ajoute le nombre de déplacement de la virgule à la puissance, alors que si c'est vers la droite on le soustrait.

Exemples : 10^5 mm $= 100\,000$ mm et 10^{-4} s $= 0,0001$ s.

$3\,200$ L $= 32 \times 10^2$ L ou $3,2 \times 10^3$ L. $0,045$ A $= 4,5 \times 10^{-2}$ A ou 45×10^{-3} A.

Les opérations avec les puissances de 10

$10^n \times 10^p = 10^{(n+p)}$ et $10^n \div 10^p = 10^{(n-p)}$ $\left(10^n\right)^p = 10^{(n \times p)}$

Exemples : $10^6 \times 10^4 = 10^{(4+6)}$ donc $10^6 \times 10^4 = 10^{10}$.

$10^2 \div 10^5 = 10^{(2-5)}$ donc $10^2 \div 10^5 = 10^{(-3)}$.

$\left(10^7\right)^2 = 10^{(7 \times 2)}$ donc $\left(10^7\right)^2 = 10^{14}$.

La notation scientifique

La notation scientifique est la représentation d'un nombre décimal sous la forme d'un produit de deux facteurs : $a \times 10^n$. Le premier facteur, ici « a », est un nombre décimal compris 1 et 9, avec un seul chiffre (non nul) avant la virgule, suivi d'un nombre variable de décimales (nombres après la virgule). Le second facteur est une puissance entière de 10.

Exemple : 759 V $= 7,59 \times 10^2$ V. $0,0023$ cm $= 2,3 \times 10^{-3}$ cm.

TOP CHRONO
C'est l'interro !

Exercice 6.1 (8 pts) *4 min*

Écrire les valeurs dans leur unité légale en utilisant les puissances de 10 :

1. 677 nm
2. 25 kV
3. 5 µs
4. 677 hL

Exercice 6.2 (10 pts) *8 min*

Calculer en utilisant les puissances de 10 :

1. $4\ 000\ \text{V} \times 250\ \text{V}$
2. $0{,}15\ \text{m} \times 300\ \text{m}$
3. $1\ 500\ \text{mL} \div 5\ 000\ \text{mL}$
4. $\left(3 \times 10^4\right)^2\ \text{m}^3$

Exercice 6.3 (8 pts) *4 min*

Écrire les valeurs suivantes en notation scientifique :

1. 2 345 V
2. 0,005478 m
3. 158,77 A

Exercice 6.4 (8 pts) *12 min*

Écrire les valeurs en notation scientifique et dans leur unité légale :

1. 500 nm
2. 0,00462 mV
3. 975,8 µs
4. 712 000 hL

7 QUELS SONT LES PRÉFIXES DES UNITÉS ?

Quels sont les préfixes des unités ?

Les préfixes ont pour origine des racines grecques ou latines et servent à simplifier l'écriture des mesures. Ces préfixes désignent des multiples et sous-multiples des puissances de 10.

Les différents préfixes et leur symbole ?

Attention, il faut respecter l'écriture en majuscule ou en minuscule des symboles.

Préfixe	Symbole	Puissance de 10	Nom du chiffre
téra	T	10^{12}	billion
giga	G	10^{9}	milliard
méga	M	10^{6}	million
kilo	k	10^{3}	mille
hecto	h	10^{2}	centaine
déca	da	10^{1}	dizaine
Unité de référence		10^{0}	unité
déci	d	10^{-1}	dixième
centi	c	10^{-2}	centième
milli	m	10^{-3}	millième
micro	µ	10^{-6}	millionième
nano	n	10^{-9}	milliardième
pico	p	10^{-12}	billionième

Comment convertir une mesure en utilisant les préfixes ?

Pour convertir une mesure avec un préfixe dans l'unité de référence, il suffit de remplacer le préfixe par la puissance de 10 correspondante.
De même, pour convertir une mesure avec unité utilisant un préfixe, il suffit de faire apparaître une puissance de 10 correspondante au préfixe.

Exemple : convertir 20 µm en mètre : le préfixe micro correspond à la puissance 10^{-6} donc $20\ \mu m = 20\times10^{-6}$ m donc $20\ \mu m = 2\times10^{-5}$ m.

Pour convertir 0,0004 m en millimètre carré : le préfixe milli correspond 10^{-3} donc $0{,}0004\ m = 0{,}4\times10^{-3}$ m, donc $0{,}0004\ m = 0{,}4$ mm.

TOP CHRONO
C'est l'interro !

Exercice 7.1 (7 pts) *4 min*

1. Quelle est la puissance de dix correspondant au préfixe nano ?
2. Quels sont le préfixe et le symbole correspondant à la puissance 10^6 ?
3. Quelle est la puissance de dix correspondante au préfixe giga ?
4. Quels sont le préfixe et le symbole correspondants à la puissance 10^{-2} ?
5. Quelle est la puissance de dix correspondant au préfixe pico ?

Exercice 7.2 (11 pts) *8 min*

1. Convertir 53 hm en mètre.
2. Convertir 25 TV en volt.
3. Convertir 0,063 MΩ en ohm et écrire la mesure en notation scientifique.
4. Convertir 8 900 mL en litre et écrire la mesure en notation scientifique.
5. Convertir 0,25 kA en ampère et écrire la mesure en notation scientifique.

Exercice 7.3 (12 pts) *7 min*

1. Convertir 0,0000512 g en microgramme.
2. Convertir 69 000 L en kilolitre.
3. Convertir 900 000 000 m en gigamètre.
4. Convertir 0,0512 Pa en centipascal.
5. Écrire 25 502 V en notation scientifique, puis convertir en millivolt.

8 QU'EST-CE QUE L'ERREUR DE MESURE ?

Qu'est-ce que l'erreur de mesure ?

Un instrument de mesure ne réalise jamais une mesure exacte. Il y a toujours un écart, appelé **erreur de mesure**, entre la valeur à mesurer et la valeur mesurée par l'appareil.
Pour diminuer l'erreur de mesure, il faut soit prendre un appareil avec une meilleure précision, soit utiliser l'appareil le plus adapté à la mesure que l'on effectue. Par exemple, un décamètre, n'est pas adapté pour mesurer la longueur d'un stylo.

Quelles sont les causes des erreurs de mesure ?

Les principales causes d'erreurs sont multiples : usure de l'appareil, conditions de l'expérience, erreur de manipulation et reproductibilité des mesures.

La précision d'un appareil de mesure

Lors d'une mesure, le dernier chiffre affiché par l'appareil est peu significatif, c'est-à-dire qu'il n'est pas exact. Il faut, donc, tenir compte de la **précision de l'appareil** pour donner un encadrement de la mesure réalisée. Or, chaque appareil a sa propre précision de mesure qui est **indiquée sur l'appareil** ou sur sa **notice**.
Ainsi lors d'une mesure de masse, si le résultat affiché est de 235,8 g et que la balance a une précision de 0,5 g alors la masse mesurée est comprise entre 235,8 + 0,5 = 236,3 et 235,8 – 0,5 = 235,3 g. Le résultat de la mesure peut être donné sous la forme : $m = 235{,}8 \pm 0{,}5$ g.

Comment arrondir un résultat ?

Pour le résultat obtenu par un calcul, le résultat ne doit pas avoir plus de chiffres significatifs que la donnée qui en a le moins et il faudra arrondir votre résultat. Pour arrondir un résultat, il faut regarder le chiffre suivant, le chiffre à conserver. Si le chiffre suivant est strictement inférieur à 5, alors on conserve le chiffre à arrondir. Mais si le chiffre suivant est supérieur ou égal à 5, alors il faut augmenter le chiffre à arrondir d'une unité.

Exemple : arrondir 3,046 m aux centièmes vaut 3,05 m car le chiffre suivant est 6 et est supérieur à 5, donc on ajoute une unité au chiffre des centièmes.

TOP CHRONO
C'est l'interro !

Exercice 8.1 (10 pts) *8 min*

1. Que représente l'erreur de mesure ?
2. Quelles sont les principales causes d'erreur de mesure ?
3. Que permet de donner la précision d'un appareil ?
4. Où trouver la précision d'un appareil de mesure ?

Exercice 8.2 (11 pts) *9 min*

Des élèves mesurent à l'aide d'une éprouvette graduée, le volume d'eau obtenu après la fusion d'un glaçon. L'éprouvette graduée a une précision de 0,1 mL. Un premier élève lit un volume $V_1 = 68$ mL ; un deuxième élève lit un volume $V_2 = 69$ mL.

1. Donner un encadrement de la mesure obtenue par le premier élève.
2. Donner un encadrement de la mesure obtenue par le deuxième élève.
3. Représentez sur un axe gradué, les deux résultats et leur encadrement. Vous prendrez comme origine de l'axe la valeur de 60 mL et l'échelle suivante :

   $$1 \text{ cm} \rightarrow 1 \text{ mL}$$

4. Que peuvent conclure les deux élèves en comparant leurs résultats ?

Exercice 8.3 (19 pts) *15 min*

Un élève effectue des mesures d'intensité à l'aide d'un ampèremètre dans un circuit en série contenant un générateur de 6 V, un interrupteur fermé et un moteur. L'ampèremètre a une précision qui se calcule de la manière suivante :

$$2\ \% \times I + 0{,}01 \text{ A}$$

L'élève effectue une première mesure avant le moteur, il trouve $I_1 = 0{,}54$ A .

Puis il effectue une deuxième mesure, après le moteur, il trouve $I_2 = 0{,}57$ A .

1. Représenter le schéma du circuit électrique.
2. Calculer la précision de la première mesure.
3. Arrondir au centième le résultat de la précision de la première mesure.
4. Donner le résultat de la première mesure avec son erreur.
5. Calculer la précision de la deuxième mesure.
6. Arrondir au centième le résultat de la précision de la deuxième mesure.
7. Donner le résultat de la deuxième mesure avec son erreur.
8. Que peut conclure l'élève en comparant ses résultats ?

9 QUELS SONT LES DIFFÉRENTS CIRCUITS ÉLECTRIQUES ET LE SENS DU COURANT ?

Ce que je sais déjà

Je sais schématiser un circuit électrique en respectant les règles et en utilisant les schémas des dipôles électriques.

Le circuit électrique en série

Un circuit électrique en série est un circuit qui ne forme qu'une seule boucle et où les dipôles sont les uns à la suite des autres.
Ce type de circuit est caractérisé par le fait que :

- le nombre de dipôles récepteurs a une influence sur le fonctionnement des dipôles récepteurs (les lampes brillent moins, les moteurs tournent moins vite) ;
- l'ordre des dipôles, n'a aucune influence sur le fonctionnement des dipôles récepteurs.

Le circuit électrique en dérivation

Ajouter un dipôle 1 en dérivation avec un dipôle 2, consiste à brancher les deux bornes du dipôle 1 aux deux bornes du dipôle 2.
Un circuit en dérivation est un circuit possédant plusieurs boucles, au minimum trois. Dans ce circuit, les intersections s'appellent des nœuds, ils correspondent aux endroits où deux fils sont branchés l'un sur l'autre. Il a aussi des branches, une branche commence à un nœud et finit à un autre nœud. La « branche principale » est la branche contenant le générateur, les autres branches sont nommées les « branches dérivées ». Dans ce type de circuit, le nombre de dipôles récepteurs en dérivation n'a aucune influence sur le fonctionnement des dipôles récepteurs, chacun fonctionne comme s'il était branché tout seul, en série, avec le générateur.

Le courant électrique

Le courant électrique a un sens. Par convention, le sens conventionnel du courant électrique circule du pôle (+) vers le pôle (–) du générateur, dans le circuit, à l'extérieur du générateur.
Pour le représenter, on trace une flèche de couleur sur les fils de connexion, la plupart du temps, une flèche avant et après un dipôle.

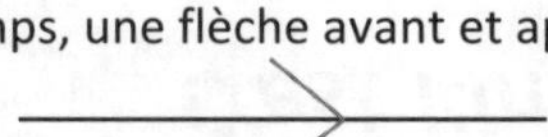

TOP CHRONO
C'est l'interro !

Exercice 9.1 (11 pts) *6 min*

1. Qu'est-ce qu'un circuit électrique en série ?
2. Qu'est-ce qu'un circuit électrique en dérivation ?
3. Quelles sont les caractéristiques d'un circuit en série ?
4. Quel nom donne-t-on aux intersections dans un circuit en dérivation ?
5. Qu'est-ce que la branche principale d'un circuit en dérivation ?
6. Quel est le sens conventionnel du courant électrique ?

Exercice 9.2 (12 pts) *13 min*

1. Schématiser un circuit en série comportant un générateur, une lampe L_1, un interrupteur fermé et un moteur. Schématiser le sens du courant électrique, si c'est possible.
2. La lampe est-elle éteinte ou allumée ?
3. Schématiser de nouveau votre circuit en ajoutant une lampe L_2 en série.
4. Où doit-on mettre la lampe L_2 dans le circuit ?
5. Observera-t-on une différence entre le circuit de la question 1 et celui de la question 3 ?

Exercice 9.3 (11 pts) *15 min*

1. Schématiser un circuit en dérivation comportant un générateur et un interrupteur fermé I_1 dans la branche principale, une lampe L_1 dans une première branche dérivée et une lampe L_2 dans une deuxième branche dérivée. Ajouter le sens du courant électrique.
2. Que va-t-il se passer si on ouvre l'interrupteur I_1 ?
3. Schématiser de nouveau votre circuit en ajoutant un moteur en série avec un interrupteur fermé I_2, en dérivation avec seulement le générateur. Ajouter le sens du courant électrique.
4. Que va-t-il se passer si on ouvre l'interrupteur I_2 ?

10 QUELLES SONT LES DIFFÉRENTES LOIS DES CIRCUITS ÉLECTRIQUES ?

Ce que je sais déjà

Je sais schématiser un circuit électrique et je connais les différents types circuits électriques, le sens conventionnel du courant électrique et les unités de la tension et de l'intensité du courant électrique.

La loi des circuits électriques en série

Dans un circuit électrique en série :

- la tension du générateur est égale à la somme des tensions des dipôles récepteurs. C'est la loi d'additivité des tensions ;
- l'intensité du courant électrique est la même dans tout le circuit. C'est la loi d'unicité des courants ;
- l'intensité du courant électrique diminue lorsque le nombre de dipôles récepteurs augmente.

La loi des circuits électriques en dérivation

Dans un circuit électrique en dérivation :

- la tension dans chaque branche dérivée est la même que la tension dans la branche principale. C'est la loi d'unicité des tensions ;
- la somme des intensités du courant électrique dans les branches dérivées est égale à l'intensité dans la branche principale. C'est la loi d'additivité des intensités ;
- l'intensité dans la branche principale augmente avec le nombre de branches dérivées.

TOP CHRONO
C'est l'interro !

Exercice 10.1 (11 pts) *6 min*

1. Quelle est la loi des courants dans un circuit en dérivation ?
2. Quelle est la loi des tensions dans un circuit en série ?
3. Quelle est la loi des courants dans un circuit en série ?
4. Comment évolue l'intensité du courant électrique dans un circuit en série lorsque le nombre de récepteur augmente ?
5. Quelle est la loi des tensions dans un circuit en dérivation ?

Exercice 10.2 (14 pts) *13 min*

Soit un circuit en dérivation composé d'une branche principale ; avec un générateur de 12 V , une première branche dérivée contenant une lampe L_1, une deuxième branche dérivée contenant un interrupteur fermé et un moteur et une troisième branche dérivée contenant une lampe L_2. Dans la première branche dérivée, on mesure une intensité de I_1 = 253 mA, dans la deuxième branche dérivée, on mesure une intensité de I_2 = 0,15 A et dans le troisième branche dérivée, on mesure une intensité de I_3 = 0,38 A.

1. Schématiser le circuit électrique et indiquer le sens du courant électrique.
2. Convertir la valeur de I_1 en ampère.
3. Donner la loi des intensités du circuit.
4. Calculer la valeur du courant électrique dans la branche principale.
5. Donner la loi des tensions du circuit.
6. Quelle est la tension aux bornes de la lampe L_2 ?

Exercice 10.3 (12 pts) *9 min*

Soit un circuit en série composé d'une lampe, d'un interrupteur fermé, d'un moteur et d'un générateur de 6 V. On mesure une intensité de $I = 0,18$ A , après la lampe, une tension de $U_L = 0,15$ V .

1. Schématiser le circuit électrique et indiquer le sens du courant électrique.
2. Quelle est l'intensité du courant électrique après le moteur ?
3. Donner la loi des tensions du circuit.
4. Calculer la valeur de la tension aux bornes du moteur ?

11 COMMENT CALCULER UNE VITESSE ?

Qu'est-ce que la vitesse d'un objet ?

La valeur de la vitesse d'un objet représente la distance parcourue par l'objet pendant une durée donnée.
Son unité légale est le mètre par seconde (m/s) et son unité usuelle est le km/h ou le km/s suivant la vitesse de l'objet que l'on détermine.

La relation mathématique de la vitesse

La vitesse v d'un objet est liée à la distance parcourue d et à la durée de parcours t, par la relation mathématique :

$$v = \frac{d}{t}$$

Si on utilise l'unité légale de la vitesse, alors la vitesse v sera en mètre par seconde (m/s), la distance parcourue, d sera en mètre (m) et la durée du parcours t, sera en seconde (s).

Utilisation d'une relation mathématique

Lorsque l'on écrit une relation mathématique, il ne faut jamais oublier de préciser les unités des grandeurs.
Puis, avant de l'utiliser, il faut vérifier que toutes les données sont dans les bonnes unités et si ce n'est pas le cas, il faut les convertir.
Si vous avez du mal pour utiliser une relation mathématique, voici un petit moyen mnémotechnique : il suffit de remplacer les grandeurs d'une relation mathématique, par les nombres 6, 3, 2. Ainsi pour la relation mathématique reliant v, d et t, il faut remplacer v par le nombre 3, d par le nombre 6 et t par 2.

Ainsi on peut écrire : $3 = \frac{6}{2}$

Si on veut trouver la valeur de t connaissant v et d, on cherche la relation permettant de trouver 2, avec les nombres 6 et 3. On trouve, alors que :

$2 = \frac{6}{3}$ et en remplaçant par les grandeurs correspondantes, on trouve :

$$t = \frac{d}{v}$$

TOP CHRONO
C'est l'interro !

Exercice 11.1 (6 pts) *5 min*

1. Que représente la vitesse d'un objet ?
2. Quelle est l'unité légale de la vitesse ?
3. Donner la relation mathématique permettant de calculer la vitesse d'un objet en précisant les unités.

Exercice 11.2 (10 pts) *10 min*

Une voiture parcourt une distance de 55 km en 2 heures et 18 minutes.

1. Convertissez le temps de parcours en heure.
2. Calculer la vitesse de la voiture en km/h.
3. Convertissez la valeur obtenue dans l'unité légale.

Exercice 11.3 (8 pts) *6 min*

Retrouver la valeur de la vitesse de la lumière en m/s sachant que le temps mis par la lumière pour venir du soleil est de 8 minutes et 20 secondes et que la distance entre la Terre et le soleil est d'environ $1,5 \times 10^8$ km.

ORGANISATION ET TRANSFORMATIONS DE LA MATIÈRE

12 QUELLES SONT LES DIFFÉRENTES UNITÉS ASTRONOMIQUES ?

Ce que je sais déjà

Pour les distances dans le système solaire, on utilise une unité usuelle plus adaptée qui est : l'unité astronomique, de symbole U.A. Cette unité usuelle correspondant à la distance moyenne entre la Terre et le Soleil.
La valeur d'une unité astronomique est de 1 U.A. = 149 597 870,7 km mais on utilise plutôt la valeur arrondie de 1 U.A. ~ 150 000 000 km,
ou 1 U.A. ~ $1,5\times10^{8}$ km.

Les distances en dehors du système solaire

Pour les distances en dehors du système solaire, on utilise l'année-lumière (a.l.). Cette unité correspond à la distance parcourue par la lumière pendant une année. La valeur d'une année-lumière est de 1 a.l. = $9,5\times10^{12}$ km, on peut considérer qu'une année-lumière correspond environ à une distance de 10^{13} km.
La voie lactée, notre galaxie, a un diamètre d'environ 100 000 a.l.

Une autre unité plus complexe

Les astrophysiciens et les astronomes utilisent souvent une unité plus complexe, encore plus grande, appelée le parsec (psc).

TOP CHRONO
C'est l'interro !

Exercice 12.1 (5 pts) *5 min*

1. Quelle est l'unité légale d'une longueur ou d'une distance ?
2. Quelle unité utilise-t-on pour les distances dans le système solaire ?
3. Quelle est la valeur approximative de cette unité en kilomètre ?
4. Quelle unité utilise-t-on pour les distances en dehors du système solaire ?

Exercice 12.2 (9 pts) *10 min*

1. Quelle est la valeur de la vitesse de la lumière ?
2. Calculer la durée d'une année en heure.
3. Retrouver la valeur d'une année lumière en kilomètre en utilisant la relation mathématique reliant la vitesse, la distance et la durée de parcours d'un objet.

Exercice 12.3 (10 pts) *10 min*

Nom de l'étoile	Distance au Soleil en km
Wolf 359	741 000 000 000 000
Sirius	$8{,}17\times10^{13}$
Alpha du centaure	418 000 000 000 000
Kruger 60	$1{,}24\times10^{14}$

En prenant comme valeur pour une année-lumière : $1 \text{ a.l.} = 9{,}5\times10^{12}$ km .

1. Convertir en année-lumière la distance au Soleil de chacune des étoiles du tableau.
2. Quelle est l'étoile la plus éloignée du Soleil ?
3. Représenter sur un axe gradué, les différentes étoiles du tableau, en prenant comme échelle : 1 cm $\rightarrow$ 5 a.l. et pour origine de l'axe, le Soleil.

13 QUELLE EST LA CONSTITUTION D'UN ATOME ET SA STRUCTURE INTERNE ?

Ce que je sais déjà

Je sais que la matière est constituée soit d'atomes, soit de molécules.

La constitution d'un atome

Un atome est constitué :

- d'un **noyau**, situé au centre de l'atome. À l'intérieur du noyau se trouvent des **protons**, qui sont des particules de charges électriques positives et des **neutrons**, sans charge électrique, on dit qu'ils sont neutres. L'ensemble des neutrons et des protons constitue les **nucléons.** Les nucléons représentent l'essentiel de la masse de l'atome ;
- d'**électrons**, qui tournent autour du noyau, sont des particules de charges électriques négatives.

Dans un atome, il y a autant d'électrons que de protons, donc l'atome est électriquement neutre. On dit qu'il possède une charge nulle.

Les dimensions de l'atome

La dimension de l'atome est d'environ 0,1 nm (nanomètre) soit 10^{-10} m. Comme la taille du noyau est 100 000 fois inférieure à celle de l'atome, on peut considérer que l'atome est presque essentiellement constitué de vide. C'est pour cela que l'on dit que l'atome a une **structure lacunaire**.

Le symbole de l'atome

Un atome est symbolisé par la première lettre de son **nom d'origine** en majuscule et parfois par une deuxième lettre en minuscule, si la première est déjà prise par un autre atome. Par exemple, l'atome de potassium a pour symbole *K* car son nom d'origine est le kalium en latin.

Le modèle d'un atome

On peut modéliser un atome comme une sphère, avec un noyau au centre, contenant les protons et les neutrons qui se touchent, et les électrons répartis autour du noyau.

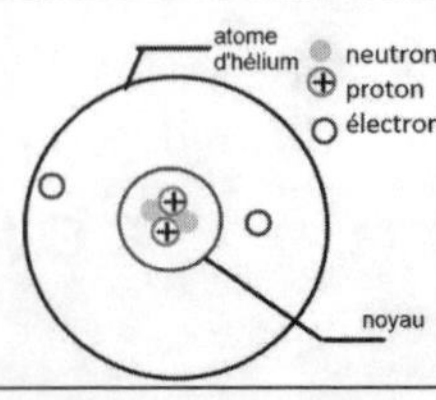

TOP CHRONO
C'est l'interro !

Exercice 13.1 (12 pts) *8 min*

1. Quels sont les différents constituants d'un atome ?
2. Donner la charge électrique de chacun des constituants d'un atome.
3. Quelle est la charge globale de l'atome en justifiant pourquoi ?
4. Où se trouve la majorité de la masse d'un atome ?
5. Quels sont les symboles de l'atome de carbone et de l'atome d'oxygène ?

Exercice 13.2 (10 pts) *9 min*

Le diamètre d'un atome de cuivre est de 145 pm.

1. Quel est le symbole de l'atome de cuivre sachant qu'il est composé de deux lettres ?
2. Quel est le diamètre de l'atome de cuivre en mètre ?
3. Donner le rapport entre la taille du diamètre de l'atome de cuivre et la taille du diamètre de son noyau.
4. Calculer le diamètre du noyau d'un atome de cuivre en mètre.
5. Quel est le diamètre du noyau d'un atome de cuivre en nanomètre ?

Exercice 13.3 (8 pts) *10 min*

Un atome de fluor possède 19 nucléons et 9 protons.

1. Donner, en justifiant, le nombre de chacune des particules constituant l'atome de fluor.
2. Dessiner le modèle de l'atome de fluor.

14 QU'EST-CE QUE LE TABLEAU PÉRIODIQUE DES ÉLÉMENTS ?

Ce que je sais déjà

Je connais la constitution et la structure d'un atome.

Qu'est-ce qu'un élément chimique ?

Un élément chimique correspond à l'ensemble des particules possédant le même nombre de protons dans leur noyau.

Qu'est-ce que le tableau périodique des éléments ?

L'ensemble des éléments chimiques est rassemblé un tableau appelé, tableau périodique des éléments. Ceux-ci sont classés par nombre de protons croissant.

Dans le tableau périodique, les éléments sont notés de la manière suivante :

$${}_{Z}^{A}X \text{ ou } {}_{A}^{Z}X$$

- X, étant le symbole chimique de l'élément ;
- le nombre Z, s'appelle **numéro atomique** ou **nombre de charge**. Il représente le nombre de protons du noyau que contient l'élément chimique ;
- le nombre A correspond au nombre de masse ou la masse molaire atomique. Si A, n'est pas un nombre entier, il faut l'arrondir à l'unité. Il représente le nombre total de nucléons que possède l'élément chimique ;
- on note N, le nombre de neutrons de l'élément chimique. On a alors la relation : $A = Z + N$.

TOP CHRONO
C'est l'interro !

Exercice 14.1 (9 pts) *8 min*

1. Qu'est-ce qu'un élément chimique ?
2. Qu'est-ce que le tableau périodique des éléments ?
3. Que représente le nombre de charge ?
4. Que représente le nombre de masse ?
5. Que représente le nombre N ?
6. Quelle est la relation reliant les nombres N, Z et A ?

Exercice 14.2 (6 pts) *7 min*

Le noyau de l'atome du cuivre est constitué de 28 nucléons et 14 neutrons :

1. Donner le nombre de masse A de cet atome.
2. Quelle est la valeur de N ?
3. Calculer son numéro atomique Z.
4. Rechercher dans un tableau périodique le nom de l'élément chimique.

Exercice 14.3 (6 pts) *3 min*

Dans le tableau périodique on trouve pour l'oxygène :

$${}^{16}_{8}O$$

Donner, en justifiant, le nombre de chacune des particules constituant l'atome d'oxygène.

15 COMMENT S'EST FORMÉ L'UNIVERS ?

Ce que je sais déjà

Je connais le système solaire, la voie lactée (notre galaxie), différents astres constituant l'Univers (comètes, astéroïdes, galaxies, planètes, exo-planètes, étoiles, satellites) et quelques particules constituant la matière (atome, protons, neutrons, électron, molécules).

Comment s'est formé l'Univers ?

Même si son origine exacte reste encore inconnue, l'Univers s'est formé, il y a environ **13,7 milliards d'années**, à partir d'un point très dense et très chaud de **quelques milliards de degrés Celsius**, où c'est produit une gigantesque explosion que l'on nomme **Big Bang**. Au début, tout n'est qu'énergie, les premières particules apparaissent et finissent par former les **noyaux les plus légers et les plus abondants**, tels que des noyaux d'**hydrogène**, d'hélium et de lithium. Puis 380 000 ans après le Big Bang, les électrons sont captés par les noyaux pour former les **premiers atomes**. À partir de ce moment-là, l'Univers grandit, se transforme, évolue et continue toujours son évolution, c'est pour cela que **l'Univers est** dit **en expansion.**

La formation des premières étoiles

Puis, 200 millions d'années après le Big Bang, dans des zones plus denses et plus froides de l'univers en formation, des particules se regroupent et forment des étoiles et des galaxies. Dans des étoiles très massives, des réactions de **fusion**, donnent naissance à de nouveaux éléments plus lourds comme, **l'oxygène, le carbone, le fer, le silicium**... Ces étoiles finissent par exploser, ce qui permet de disperser ces nouveaux éléments chimiques.

La formation du système solaire

Une petite partie d'un énorme nuage d'hydrogène et d'hélium se rassemble doucement et s'enrichit en éléments chimiques plus lourds pour donner naissance par une explosion au système solaire, il y a **4,6 milliards d'années**. La matière constituant la Terre, se retrouve aussi dans les étoiles et dans tout l'Univers, car elle **est partout la même et a la même origine.** On trouve en **majorité** de **l'hydrogène, de l'hélium et du lithium**, mais aussi tous les éléments lourds (oxygène, carbone, fer, silicium...).

TOP CHRONO
C'est l'interro !

Exercice 15.1 (8 pts) *10 min*

1. Quel est l'âge estimé de l'Univers ?
2. Quel nom donne-t-on au point d'origine de l'Univers ?
3. Quels ont été les premiers éléments chimiques formés ?
4. Comment évolue l'Univers ?
5. Quel est l'âge estimé du système solaire ?

Exercice 15.2 (10 pts) *7 min*

Le tableau contient différentes dates importantes.

Date (années)	–13,7 milliards	-230×10^6	–4,6 milliards	–7 millions

1. Donner la date de la deuxième valeur du tableau, sans puissance de 10.
2. Attribuer à chacun des évènements suivant, la date du tableau correspondante : création système solaire, apparition de l'homme, Big Bang, apparition des dinosaures.
3. Positionner sur un axe, les différents événements, sans oublier l'origine de l'axe.

Exercice 15.3 (8 pts) *4 min*

Faire un algorigramme pour classer par taille décroissante, les astres suivants :
amas, système planétaire, Univers, étoile, galaxie, planète, satellite, nébuleuse.

16 COMMENT CALCULER UNE MASSE VOLUMIQUE ?

Ce que je sais déjà

Je sais ce que représentent la masse et le volume d'un objet et je sais les mesurer. Je connais leur unité légale.

Qu'est-ce que la masse volumique ?

La masse volumique est une grandeur, noté ρ et que l'on prononce « rho », correspondant à la masse par unité de volume.
L'unité légale de la masse volumique est le kilogramme par mètre cube (kg/m^3). Or comme $1\ kg = 1\ 000\ g$ et que : $1\ m^3 = 1\ 000\ dm^3$ alors on a :

$1\ kg/m^3 = 1\ g/dm^3$.

Donc on peut aussi utiliser les unités usuelles suivantes : g/dm^3 ou g/L, mg/cm^3 ou mg/mL sans avoir à faire de conversion.

La relation mathématique de la masse volumique

La masse volumique ρ d'un objet est liée à la masse m et au volume V de l'objet, par la relation mathématique : $\rho = \frac{m}{V}$.

Si on utilise les unités légales alors la masse volumique est en kg/m^3, alors la masse m doit être en kg, le volume V doit être en m^3.

Utilisation de la masse volumique

Grâce à la valeur de la masse volumique, on peut savoir si l'objet est un corps pur car chaque corps pur possède une masse volumique qui lui est propre.
On pourra déterminer si un objet va flotter en comparant sa masse volumique avec celle du liquide. La masse volumique de l'eau, dans les conditions normales, est de $\rho_{eau} = 1\ 000\ kg/m^3$ ou alors $\rho_{eau} = 1\ kg/L$.
Enfin, entre deux liquides non miscibles, celui dont la valeur de la masse volumique est la plus grande sera en dessous.

TOP CHRONO
C'est l'interro !

Exercice 16.1 (11 pts) *8 min*

1. Qu'est-ce que la masse volumique et son unité légale ?
2. Quelle est la relation mathématique permettant de calculer une masse volumique ?
3. Quelle est la valeur de la masse volumique de l'eau ?
4. Que peut-on connaître avec la masse volumique d'un objet ?

Exercice 16.2 (10 pts) *10 min*

Une personne trouve une pierre qu'il espère être une météorite de type diogènites. Il mesure son volume et sa masse et trouve 0,38 L pour le volume et 2,98 kg pour la masse.

1. Rappeler la relation mathématique pour calculer la masse volumique.
2. Calculer la masse volumique de la matière de la pierre en kg/L.
3. Convertir la valeur obtenue dans l'unité légale.
4. À l'aide du tableau ci-dessous, de quelle matière est composée la pierre ?

Matière	aluminium	diogènite	bronze	fer
Masse volumique (kg/m^3)	2 700	3 350	8 600	7 860

Exercice 16.3 (8 pts) *6 min*

Un premier bécher contient 200 g d'éthanol et un deuxième bécher contient une masse de 342 g de mercure. On donne les masses volumiques suivantes :

Corps pur	éthanol	eau de mer	éther
Masse volumique (g/L)	789	1 032	710

1. Calculer le volume d'éthanol contenu dans le bécher et arrondir le résultat au millième.
2. Calculer la masse volumique du Mercure si le deuxième bécher contient le même volume que le premier bécher.
3. Que va-t-il se passer si on verse dans un verre à pied un même volume d'éthanol, d'eau de mer, d'éther et de mercure, sachant ces liquides sont non miscibles entre eux ?

17 QU'EST-CE QU'UN ION ?

Ce que je sais déjà

Je sais qu'une solution est obtenue par la dissolution d'un soluté dans un solvant. Si le solvant utilisé est de l'eau on obtient une solution aqueuse.

Pourquoi certaines solutions sont-elles conductrices ?

Toutes les solutions aqueuses ne sont pas conductrices. L'eau pure, l'eau sucrée ne sont pas conductrices, car celles-ci ne contiennent que des molécules. Mais l'eau minérale, l'eau du robinet, l'eau salée sont conductrices car celles-ci contiennent des particules qui permettent la circulation du courant électrique. Ces particules sont appelées des **ions**.

Qu'est ce qu'un ion ?

Un ion est formé à partir d'un atome ou d'un groupe d'atomes, qui a perdu ou gagné un ou plusieurs électrons. Le noyau de l'ion reste identique au noyau de la particule à partir duquel il a été formé.
Il existe deux types d'ions :
- les anions, qui ont une charge négative et qui ont été formés par un gain d'un ou plusieurs électrons ;
- les cations qui ont une charge positive et qui ont été formés par une perte d'un ou plusieurs électrons.

La formule d'un ion ?

Pour écrire la formule d'un ion, il faut faire le bilan des charges positives et négatives qu'il possède. Puis, il faut écrire le symbole de l'atome ou la formule de la molécule à partir duquel il a été formé et indiquer en haut à droite le nombre de charge totale qu'il possède suivi du signe de la charge. On n'écrit pas le nombre de charge, s'il est égal à 1.
Exemple : l'ion magnésium a pour formule : Mg^{2+} et l'ion bromure Br^{-}.
Dans la formule de l'ion, le nombre de charge indiqué en haut à droite correspond au nombre d'électrons perdus ou gagnés par l'atome ou la molécule.
Exemple : l'ion calcium a pour formule : Ca^{2+}, donc il a été formé à partir d'un atome qui a perdu (car positif) deux électrons (car 2).

TOP CHRONO
C'est l'interro !

Exercice 17.1 (4 pts) *2 min*

1. Pourquoi une solution est-elle conductrice ?
2. Qu'est-ce qu'un ion ?
3. Comment appelle-t-on un ion chargé positivement ?

Exercice 17.2 (4 pts) *8 min*

L'atome d'hydrogène a pour nombre de charge et pour nombre de masse la valeur 1. L'ion hydrogène est formé à partir d'un atome d'hydrogène qui a perdu un électron.

1. Trouver la formule de l'ion hydrogène.
2. Combien d'électrons possèdent l'atome d'hydrogène et l'ion hydrogène ?
3. Combien de protons possèdent l'atome d'hydrogène et l'ion hydrogène ?
4. Dessiner les modèles de l'atome d'hydrogène et l'ion hydrogène.

Exercice 17.3 (5 pts) *3 min*

L'ion calcium, qui rentre dans la composition des os, a pour formule Ca^{2+}.

1. Quel est le symbole de l'atome de calcium ?
2. L'atome de calcium a-t-il gagné ou perdu des électrons ?
3. Combien d'électrons, l'atome de calcium a-t-il perdu ou gagné ?

Exercice 17.4 (11 pts) *6 min*

L'ion fluor est formé à partir d'un atome de fluor qui a gagné un électron. Dans le tableau périodique on trouve que son nombre de charge est 11.

1. Combien de charges positives possède l'atome de fluor ?
2. Combien de charges négatives possède l'atome de fluor ?
3. Combien de charges positives possède l'ion fluor ?
4. Combien de charges négatives possède l'ion fluor ?
5. Quelle est la charge totale de l'ion fluor ?
6. Donner la formule de l'ion fluor.

Exercice 17.5 (8 pts) *6 min*

L'ion sulfate est un ion polyatomique de formule SO_4^{2-}.

1. Qu'est-ce qu'un ion polyatomique ?
2. Quelle est la charge totale de cet ion ?
3. Cet ion est-il un cation ou un anion ?
4. Donner le nom et le nombre des atomes composant cet ion.

18 QU'EST-CE QU'UNE SOLUTION IONIQUE ?

Ce que je sais déjà

Je sais qu'un ion se trouve dans les solutions conductrices et qu'il est formé à partir d'un atome ou d'un groupe d'atomes qui a perdu ou gagné un ou plusieurs électrons.

Qu'est-ce qu'une solution ionique ?

Une solution ionique est une solution contenant des ions. Toutes les solutions ioniques sont électriquement neutres, donc elles possèdent des ions positifs et des ions négatifs, mais pas toujours en même quantité.

La formule d'une solution ionique

Pour écrire la formule d'une solution ionique, il faut écrire entre parenthèses les ions constituant la solution ionique séparés par un plus ou un point-virgule. Et on ajoute, si c'est nécessaire, un coefficient multiplicateur devant un des ions, pour que la charge globale soit nulle (égale à zéro) et que solution ionique soit neutre. Une solution ionique d'eau salée, contenant des ions sodium de formule Na^+ et des ions chlorure de formule Cl^-. La formule de la solution d'eau salée est : $\left(Na^+ + Cl^-\right)$ ou $\left(Na^+ ; Cl^-\right)$.

Exemple

Une solution de chlorure de fer II possède des ions fer II de formule Fe^{2+} et des ions chlorure de formule Cl^-.

La formule de la solution ionique devrait être $\left(Fe^{2+} ; Cl^-\right)$ ou $\left(Fe^{2+} + Cl^-\right)$

Les ions fer II ont une charge totale positive de + 2 et les ions chlorures ont une charge totale négative de – 1. Donc la solution ionique possède une charge globale de : + 2 – 1 = + 1. Or, une solution ionique est électriquement neutre. Donc pour avoir une charge totale nulle, il faut multiplier la charge des ions chlorures par 2. Ainsi on a + 2 – (2 x 1) = 0. On reporte alors le coefficient 2 devant la formule des ions chlorure dans la formule de la solution ionique. La solution ionique de chlorure de fer II s'écrit :

$$\left(Fe^{2+} ; 2Cl^-\right) \text{ ou } \left(Fe^{2+} + 2Cl^-\right).$$

TOP CHRONO
C'est l'interro !

Exercice 18.1 (4 pts) *1 min*

1. Qu'est-ce qu'une solution ionique ?
2. Quelle est la charge globale d'une solution ionique ?

Exercice 18.2 (5 pts) *4 min*

Trouver la formule de la solution ionique contenant des ions fer III de formule Fe^{3+} et des ions chlorure de formule Cl^{-}.

Exercice 18.3 (10 pts) *12 min*

Une solution de sulfate de potassium est fabriquée par dissolution dans de l'eau pure en créant des ions potassium de formule K^{+} et des ions sulfates de formule SO_4^{2-}.

1. Trouver la formule de la solution ionique.
2. Dessiner un bécher contenant cette solution en faisant apparaître les différentes particules contenues dans le bécher, sans dessiner les molécules d'eau et en respectant les connaissances de quatrième. Le nombre de particules n'a pas d'importance, mais il faut respecter le résultat de la question 1.

19 COMMENT IDENTIFIER UN ION DANS UNE SOLUTION ?

Ce que je sais déjà

Je sais que les ions sont des particules, contenues dans les solutions ioniques et ayant une charge électrique positive ou négative.

Comment identifier un ion dans une solution ?

Un ion peut être identifié ou détecté par un test par précipitation en utilisant un réactif caractéristique. Lors d'une précipitation, un précipité (solide en suspension dans un liquide) se forme, lorsque le test est positif. Pour connaître l'ion identifié, il suffit de regarder la couleur caractéristique du précipité formé dans la banque de données fournie.

La banque de données des tests d'indentification des ions

Il existe une multitude de tests d'identification des ions, à l'aide de réactifs caractéristiques. Le tableau ci-dessous contient la banque d'identification des ions de la classe de troisième qui vous sera fournie lors des exercices ou lors du brevet.

Réactif caractéristique	**Solution d'hydroxyde de sodium ou soude**				**Solution de nitrate d'argent**
Couleur du précipité formé	blanc	bleu	vert foncé	rouille	blanc qui noircit à la lumière
Nom de l'ion identifié	ion zinc	ion cuivre	ion fer II	ion fer III	ion chlorure
Formule de l'ion identifié	Zn^{2+}	Cu^{2+}	Fe^{2+}	Fe^{2+}	Cl^{-}

Protocole expérimental du test d'identification d'ions

Comme une solution ionique est neutre, elle contient au minimum deux ions. Donc il faudra réaliser à chaque fois des tests avec les deux réactifs caractéristiques. Pour cela prendre deux tubes à essai, verser un peu de solution ionique dans chacun des tubes puis ajouter dans l'un des tubes quelques gouttes d'hydroxyde de sodium et dans l'autre quelques gouttes de nitrate d'argent. Enfin, il faut regarder dans la banque de données, la couleur du précipité formé pour connaître les ions présents dans la solution ionique.

TOP CHRONO
C'est l'interro !

Exercice 19.1 (7 pts) *5 min*

1. Comment identifier les ions présents dans une solution ionique ?
2. Dessiner l'expérience à réaliser pour identifier les ions présents dans une solution ionique en utilisant comme réactif caractéristique de l'hydroxyde de sodium et du nitrate d'argent.

Exercice 19.2 (12 pts) *8 min*

Si on identifie les ions contenus dans l'eau provenant du Mont Isa en Australie, l'expérience montre la formation d'un précipité blanc avec une solution d'hydroxyde de sodium et un précipité blanc qui noircit à la lumière avec une solution de nitrate d'argent.

1. D'après l'expérience, combien d'ions, au minimum, sont présents dans l'eau du Mont Isa ?
2. En utilisant la banque de données, donner le nom et la formule des ions présents dans l'eau provenant du Mont Isa.

Exercice 19.3 (6 pts) *4 min*

L'eau Orezza que l'on peut trouver en Corse contient une grande quantité d'ions fer III. En utilisant la banque de données, trouver les réponses aux questions suivantes :

1. Quelle est la formule des ions fer III ?
2. Donner les résultats des tests d'identification des ions.

20 QUELLES SONT LES DIFFÉRENCES ENTRE LES SOLUTIONS ACIDES, NEUTRES ET BASIQUES ?

Le pH d'une solution aqueuse

Le pH est **un nombre**, sans unité, compris entre 0 et 14, qui permet de préciser le caractère acide, basique ou neutre d'une solution aqueuse.

- Une solution est acide si son pH est entre 0 et 6,99.
- Une solution est neutre si son pH est de 7.
- Une solution est basique si son pH est entre 7,01 et 14.

Le pH se mesure à l'aide de papier pH, qui change de couleur suivant l'acidité de la solution aqueuse ou d'un pH-mètre.

Classement des solutions acides, neutres et basiques

On peut classer les solutions aqueuses sur l'échelle de pH ci-dessous :

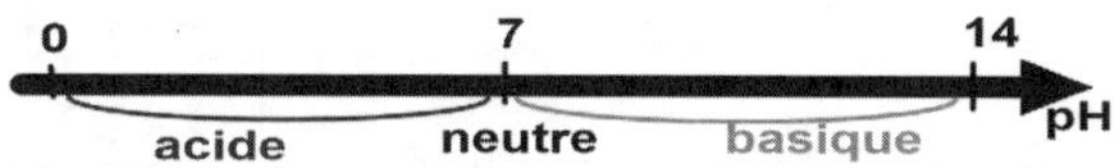

Plus le pH d'une solution se rapproche de 0, plus la solution est acide.
Plus le pH d'une solution se rapproche de 14, plus la solution est basique.

Les solutions acides, neutres et basiques

Les solutions acides, basiques et neutres sont des solutions ioniques. Elles contiennent des molécules d'eau (H_2O), des ions hydrogène (H^+) et des ions hydroxyde (HO^-). Pour un même volume :

- Une solution neutre contient autant d'ions hydrogène (H^+) que d'ions hydroxyde (HO^-).
- Une solution acide contient plus d'ions hydrogène (H^+) que d'ions hydroxyde (HO^-).
- Une solution basique contient moins d'ions hydrogène (H^+) que d'ions hydroxyde (HO^-).
- Plus la différence entre le nombre d'ions hydrogène et le nombre d'ions hydroxyde augmente, plus l'acidité ou la basicité d'une solution augmente.

TOP CHRONO
C'est l'interro !

Exercice 20.1 (7 pts) *4 min*

3. Qu'est-ce que le pH ?
4. Qu'est-ce qu'une solution basique et que contient-elle ?
5. Comment qualifie-t-on une solution qui a un pH de 7 ?

Exercice 20.2 (9 pts) *10 min*

Le tableau ci-dessous rassemble des mesures de pH de différentes solutions.

Nom de la solution	Jus de citron	Lessive liquide	Eau du robinet	Vin	Déboucheur de canalisation	Eau de mer
pH	2	10	7	4	14	8

1. Placer ces différentes solutions sur l'échelle de pH.
2. Quelle est la solution la plus acide ?
3. Quelle est la solution la plus basique ?

Exercice 20.3 (16 pts) *14 min*

On remplit trois verres à pied avec chacun un volume de 20 mL, le premier avec de l'eau du robinet de pH = 7, dans le deuxième du cola de pH = 3 et le troisième de café de pH = 5.

1. Quelle est la solution la plus acide ?
2. Que peut-on déduire de la valeur du pH de l'eau du robinet ?
3. Quelles particules contiennent toutes ces solutions ?
4. Quelle est la différence entre les solutions de colas et de café au niveau des particules ?
5. Dessiner les trois verres à pied en faisant apparaître seulement les ions qu'elles contiennent.

21 QUELS SONT LES EFFETS DE LA DILUTION SUR LES SOLUTIONS ACIDES OU BASIQUES ?

Les dangers des solutions acides et basiques

Les solutions basiques sont aussi dangereuses que les solutions acides. Ces deux solutions doivent être utilisées avec précaution car elles peuvent être corrosives et irritantes et provoquer de graves brûlures. Pour les manipuler, il faut donc se munir d'une blouse, de gants et de lunettes de protection.

La dilution

Une dilution consiste à ajouter un solvant à une solution. Le plus souvent le solvant est de l'eau.

Lors d'une dilution, pour diminuer les risques liés aux solutions acides, on verse toujours la solution acide dans l'eau. En effet, la réaction chimique entre de l'eau et une grande quantité de solution acide peut entraîner un dégagement d'une grande quantité d'énergie thermique, ce qui peut provoquer des projections de gouttes d'acide.

La dilution n'est pas une transformation chimique car on retrouve les mêmes substances au début et à la fin.

Les effets de la dilution sur les solutions acides et basiques

Lors de la dilution d'une solution acide, le pH augmentera et s'approchera petit à petit de 7.

Lors de la dilution d'une solution basique, le pH diminuera et s'approchera petit à petit de 7.

Une solution acide ou basique ne pourra jamais devenir basique ou acide lors d'une dilution. L'eau étant une solution neutre, qui possède autant d'ion hydrogène que d'ion hydroxyde, la solution gardera toujours son caractère acide ou basique de départ.

Le pH d'une solution, change au cours d'une dilution, car le pH, qui correspond au nombre d'ion hydrogène ou au nombre d'ion hydroxyde en excès par rapport au nombre total d'ion dans la solution. En diluant une solution, on augmente le volume total de la solution et donc le nombre total d'ions, sans changer le nombre d'ion en excès. Ainsi, la quantité d'ions en excès devient moins importante par rapport au nombre d'ions total dans la solution.

TOP CHRONO
C'est l'interro !

Exercice 21.1 (8 pts) *6 min*

1. Qu'est-ce qu'une dilution ?
2. Entre une solution acide et basique, quelle est la plus dangereuse ?
3. Quel est l'effet de la dilution sur une solution basique ?
4. Pourquoi une solution acide ne peut-elle pas devenir basique lors d'une dilution ?

Exercice 21.2 (6 pts) *5 min*

Le tableau ci-dessous, rassemble les mesures de pH d'une solution acide au cours de sa dilution avec de l'eau.

Solution	A	B	C	D
pH	2	4	5	6

1. Quelle est la solution acide la plus concentrée ?
2. Quelle est la solution dont on a ajouté le plus d'eau ?
3. Comment évoluerait le pH de la solution si on continuait la dilution ?

Exercice 21.3 (16 pts) *14 min*

On prend trois béchers, le premier contient 10 mL d'une solution de pH = 13, le deuxième contient 90 mL d'eau de pH = 7. Le troisième contient le mélange des deux premiers béchers.

1. La solution dans le bécher 1 est-elle acide ou basique ?
2. Le pH de la solution contenue dans le bécher 3, sera-t-il supérieur ou inférieur au pH de la solution du bécher 1 ?
3. Dessiner les trois béchers, en faisant apparaître les ions présents dans les solutions, en considérant que le bécher 1 contient 11 ions au total et le bécher 2 contient 18 ions au total.

Exercice 21.4 (10 pts) *10 min*

Pour augmenter le pH d'une solution, d'une unité pH, il faut ajouter un volume d'eau correspondant à 9 fois le volume de la solution de départ.

Pour augmenter le pH, d'une solution, de deux unités pH, il faut ajouter un volume d'eau correspondant à 99 fois le volume de la solution de départ.

1. Quel volume d'eau faut-il ajouter à 4 mL d'une solution de pH = 6,3 pour obtenir une solution de pH = 7,3 ?
2. Quel volume d'eau faut-il ajouter à 5 mL d'une solution de pH = 3,5 pour obtenir une solution de pH = 5,5 ?

22 QUELLES SONT LES DIFFÉRENTES TRANSFORMATIONS DE MATIÈRE ?

La transformation physique

Lors d'une transformation physique le (ou les) **corps** de départ se retrouve(nt) à la fin, seul, leur aspect (pliage, découpage, déchiquetage, monter des œufs à la neige, mélange hétérogène, dissolution) ou leur état (solide, liquide, gaz) peuvent être modifiés. Les particules de départ restent inchangées à la fin.

La transformation chimique ou réaction chimique

Lors d'une transformation chimique les corps de départ ne se retrouvent pas tous à la fin et un ou plusieurs nouveaux corps sont créés.
Les corps de départ qui disparaissent sont appelés les **réactifs** et les corps qui sont créés sont appelés les **produits.**
Une transformation chimique peut être modélisée par une réaction chimique, écrite sous la forme d'un bilan de réaction chimique ou sous la forme d'une équation ajustée (ou équilibrée) de la réaction chimique.
Au cours d'une transformation chimique, il y a **conservation de la masse**, c'est-à-dire que la masse des réactifs est égale à la masse des produits.

Écriture d'une réaction chimique

Une réaction chimique s'écrit de la façon suivante :

$$\textit{réactifs} \rightarrow \textit{produits}$$

S'il y a plusieurs réactifs ou produits, ils sont séparés par un signe « + ». Le signe « + » dans les réactifs signifie « *réagit avec* », mais signifie « et » dans les produits et la flèche se dit « *pour donner* ». Le bilan d'une réaction chimique s'écrit en utilisant les noms chimiques de la matière alors que l'équation d'une réaction chimique s'écrit avec les symboles ou formules des corps et qu'il faudra ajuster si c'est nécessaire.

Exemple : la combustion du carbone

Les réactifs sont le carbone et le dioxygène et le produit est du dioxyde de carbone. Le bilan de la réaction chimique s'écrit :

$$\textit{carbone} + \textit{dioxygène} \rightarrow \textit{dioxyde de carbone}$$

Cette réaction chimique se lit donc « *Le carbone réagit avec le dioxygène pour donner du dioxyde de carbone* ».

L'équation de la réaction chimique s'écrit : $C + O_2 \rightarrow CO_2$

TOP CHRONO
C'est l'interro !

Exercice 22.1 (8 pts) *5 min*

1. Qu'est qu'une transformation physique ?
2. Qu'est qu'une transformation chimique ?
3. Qu'est-ce que les réactifs ?
4. Qu'est-ce que les produits ?
5. Comment s'écrit une transformation chimique ?
6. Quelle est la différence d'écriture entre le bilan et l'équation d'une transformation chimique ?

Exercice 22.2 (10 pts) *10 min*

Situation décrite	Observation
Un glaçon qui fond dans un verre	Eau devient liquide
Du gaz (butane) qui brûle dans l'air	Apparition d'eau et de dioxyde de carbone
Un clou en fer en présence d'air humide	Apparition de rouille
Mélange de sucre et d'eau	Le sucre devient invisible dans l'eau

Pour chacune des situations décrites dans le tableau, identifier, en justifiant, si celle-ci correspond à une transformation chimique ou physique.

Exercice 22.3 (10 pts) *10 min*

Quand une canalisation est bouchée, on peut verser du bicarbonate de sodium $\left(NaHCO_3\right)$ avec du vinaigre de formule $\left(CH_3COOH\right)$. On observe alors l'apparition de bulles qui correspondent à un dégagement de dioxyde carbone, il y a aussi apparition d'eau et d'éthanoate de sodium de formule $\left(CH_3COONa\right)$.

1. Pourquoi la situation décrite est-elle une transformation chimique ?
2. Quels sont les noms des réactifs de cette transformation chimique ?
3. Quels sont les noms des produits de cette transformation chimique ?
4. Quelle est la formule du dioxyde de carbone et de l'eau ?
5. Donner le bilan de la transformation chimique.
6. Donner l'équation de la transformation chimique.

23 QUE SE PASSE-T-IL LORS D'UNE RÉACTION ENTRE UNE SOLUTION ACIDE ET UNE SOLUTION BASIQUE ?

La réaction chimique entre une solution acide et une solution basique

La réaction chimique entre une solution acide et une solution basique est une réaction chimique appelée réaction acido-basique.

Au cours de la réaction chimique :

- les ions hydrogène réagissent avec les ions hydroxyde pour former des molécules d'eau. Cette réaction chimique est bien une transformation chimique car il y a formation de nouvelles espèces chimiques, ici des molécules d'eau ;
- la température augmente ce qui permet de déduire, que cette réaction produit de l'énergie thermique ;
- le pH de la solution obtenue est une solution dont le pH sera plus ou moins proche 7 suivant le pH et le volume des solutions de départ ;
- cette réaction chimique permet de neutraliser une solution acide concentrée ou une solution basique concentrée avant de la mettre dans un bac de stockage et de la recycler.

L'équation chimique de la réaction

L'équation de la réaction simplifiée s'écrit :

$$H^{+} + HO^{-} \rightarrow H_2O$$

TOP CHRONO
C'est l'interro !

Exercice 23.1 (11 pts) *10 min*

1. Qu'est-ce qu'une réaction acido-basique ?
2. Quel est l'effet d'une réaction acido-basique sur le pH ?
3. Comment va varier la température lors d'une réaction acido-basique ?
4. Donner l'équation simplifiée d'une réaction acido-basique.
5. Quel est le but d'une réaction acido-basique ?

Exercice 23.2 (5 pts) *6 min*

Le graphique ci-dessous représente la variation du pH d'une solution d'acide chlorhydrique en fonction du volume de soude versé.

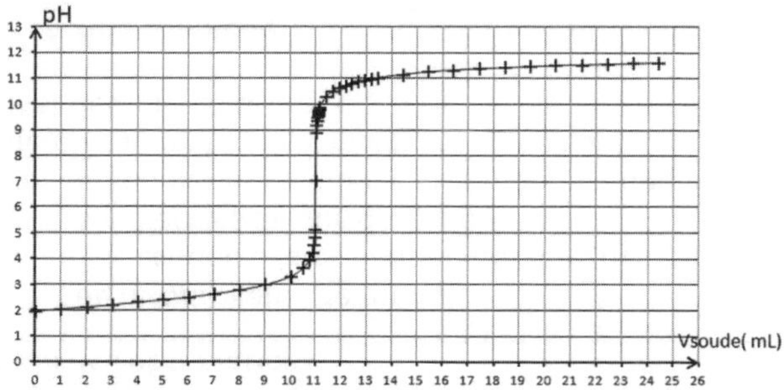

1. Quel est le pH de la solution de l'acide chlorhydrique au départ ?
2. Quel sera le pH de la solution lorsque la solution d'acide chlorhydrique sera neutralisée ?
3. Quel volume de soude doit être versé pour neutraliser la solution d'acide chlorhydrique ?

Exercice 23.3 (9 pts) *8 min*

Après diverses expériences, les élèves ont récupéré deux solutions concentrées. Une solution A, de pH = 2 et une solution B de pH = 13.
Pour les neutraliser, ils ont le choix entre les solutions suivantes :

Solution	Soude	Acide chlorhydrique	Carbonate de calcium	Acide acétique
pH	13	1	9	3

1. Les deux solutions A et B sont-elles acide, basique ou neutre ?
2. Quel produit va être formé lors de la neutralisation de ces solutions ?
3. Quelle(s) solution(s) pourra-t-on utiliser pour neutraliser la solution A ?
4. Quelle(s) solution(s) pourra-t-on utiliser pour neutraliser la solution B ?

24 QUE SE PASSE-T-IL LORS DE LA RÉACTION ENTRE UNE SOLUTION D'ACIDE CHLORHYDRIQUE ET LE FER ?

Ce que je sais déjà

Je sais qu'une solution acide est une solution ionique, dont le pH est inférieur à 7 et qui contient plus d'ions hydrogène que d'ions hydroxyde.

Les observations lors de la réaction chimique

Au cours de cette réaction chimique :

- des bulles apparaissent ; en approchant la flamme d'une allumette, cela provoque une petite détonation ;
- le pH de la solution finale a diminué ;
- la température de la solution augmente ;
- les tests d'identification des ions, sur la solution finale, montrent la formation d'un précipité vert avec de l'hydroxyde de sodium (soude) et un précipité blanc, qui noircit à la lumière, avec du nitrate d'argent.

Interprétation des observations

Le gaz formé est du dihydrogène, de formule H_2.
La diminution du pH est due à la disparition des ions hydrogène. Ils servent à la formation des molécules de dihydrogène.
L'augmentation de température indique la création d'énergie thermique.
Les tests d'identification des ions indiquent que la solution finale contient des ions fer II et des ions chlorure.

Bilan de la réaction chimique

$$\textit{acide chlorhydrique} + \textit{fer} \rightarrow \textit{chlorure de fer II} + \textit{dihydrogène}$$

L'équation simplifiée de la réaction chimique

Suite à l'écriture de l'équation, et après l'avoir ajustée, en vérifiant la conservation de la masse et des charges électriques, on trouve :

$$2H^+ + 2Cl^- + Fe \rightarrow Fe^{2+} + 2Cl^- + H_2$$

On remarque que les ions chlorures se retrouvent, en même temps, dans les réactifs et dans les produits, ce qui indique qu'ils n'ont pas participé à la réaction chimique. Lors cette réaction, les ions chlorures sont appelés espèce chimique spectatrice. L'équation simplifiée s'écrit :

$$2H^+ + Fe \rightarrow Fe^{2+} + H_2$$

TOP CHRONO
C'est l'interro !

Exercice 24.1 (6 pts) *5 min*

1. Donner le bilan de la réaction entre l'acide chlorhydrique et le fer.
2. Quels sont les noms des réactifs de cette réaction chimique ?
3. Quels sont les noms des produits de cette réaction chimique ?
4. Comment sont appelés les ions chlorure et pourquoi ?
5. Quelle forme d'énergie produit cette réaction chimique ?

Exercice 24.2 (13 pts) *10 min*

On fait réagir de l'acide chlorhydrique et de la poudre de zinc, en versant 10 mL d'acide chlorhydrique dans un tube à essai contenant de la poudre de zinc. À la fin de la réaction, on verse quelques gouttes d'hydroxyde de sodium dans quelques millilitres de la solution finale. On observe l'apparition d'un précipité blanc indiquant la présence d'ions zinc, de formule Zn^{2+}. Sachant que le zinc réagit de la même manière avec l'acide chlorhydrique que le fer, répondre aux questions suivantes :

1. Réaliser le dessin de l'expérience de la réaction chimique entre l'acide chlorhydrique et le zinc.
2. Quels ions contient l'acide chlorhydrique ?
3. Quels ions contient la solution finale ?
4. Donner le bilan de la réaction chimique.
5. Trouver l'équation simplifiée de la réaction chimique.

Exercice 24.3 (10 pts) *8 min*

On fait réagir de l'acide chlorhydrique et de la poudre d'aluminium. La solution finale contient des ions chlorure et des ions aluminiums de formule Al^{3+}. Sachant que l'aluminium réagit de la même manière avec l'acide chlorhydrique que le fer :

1. Que va-t-on observer lors de cette réaction chimique ?
2. Comment peut-on identifier le dihydrogène qui se forme lors de cette réaction chimique ?
3. Donner le bilan de la réaction chimique.
4. Dans les trois propositions suivantes, quelle est l'équation simplifiée correspondant à la réaction en l'acide chlorhydrique et l'aluminium ?

   a) $2H^+ + Al \rightarrow Al^{3+} + H_2$

   b) $6H^+ + 2Al \rightarrow 2Al^{3+} + 3H_2$

   c) $6H^+ + 6Cl^- + 2Al \rightarrow 2Al^{3+} + 6Cl^- + 3H_2$

MOUVEMENTS ET INTERACTIONS

25 COMMENT CARACTÉRISER LA VITESSE D'UN MOUVEMENT ?

Ce que je sais déjà

Je sais calculer une vitesse et je connais ses unités légales et usuelles.

Comment connaître l'évolution de la vitesse ?

Pour connaître l'évolution de la vitesse d'un objet, il faut comparer la valeur de sa vitesse :

- soit en calculant la valeur de la vitesse entre deux positions de l'objet ;
- soit regardant l'évolution de la distance entre deux positions, si le temps entre chaque position de l'objet reste constant ;
- soit en regardant l'évolution du temps entre deux positions, si la distance entre chaque position de l'objet reste constante.

Selon l'évolution de la valeur de la vitesse d'un objet, la vitesse de l'objet va :

- augmenter ;
- diminuer ;
- rester constante ;
- varier si elle change (augmente puis diminue) au cours du mouvement.

Comment caractériser une vitesse ?

Pour caractériser entièrement la vitesse d'un objet, il faut déterminer :

- la direction de sa vitesse, c'est-à-dire si celle-ci est horizontale, verticale, la droite passant par deux points, etc. ;
- le sens de sa vitesse, c'est-à-dire si celle-ci est vers le bas, de bas en haut, vers le point A, etc. ;
- sa valeur.

TOP CHRONO
C'est l'interro !

Exercice 25.1 (6 pts) *6 min*

1. Comment caractériser entièrement la vitesse d'un objet ?
2. Quelle est l'unité légale de la vitesse ?
3. Comment va être qualifiée la vitesse d'un objet si l'écart, entre deux positions de cet objet, est de plus en plus grand alors que le temps reste identique entre chaque position ?
4. Comment va être qualifiée la vitesse d'un objet si l'écart et le temps entre deux positions de cet objet restent les mêmes ?

Exercice 25.2 (6 pts) *8 min*

On a représenté les différentes positions d'une bille. Le temps entre deux positions de la bille est de 5 s.

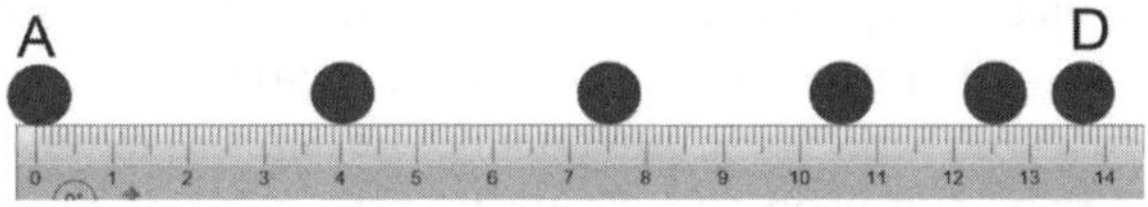

1. Comment évolue la distance parcourue par la bille entre les points *A* et *D* ?
2. Comment évolue la vitesse de la bille au cours de son mouvement ?
3. Quelle est la direction de la vitesse de la bille ?
4. Quel est le sens de la vitesse de la bille ?

Exercice 25.3 (16 pts) *15 min*

On a représenté les différentes positions d'une bille au cours de son mouvement. Le temps entre deux positions de la bille est de 5 s.

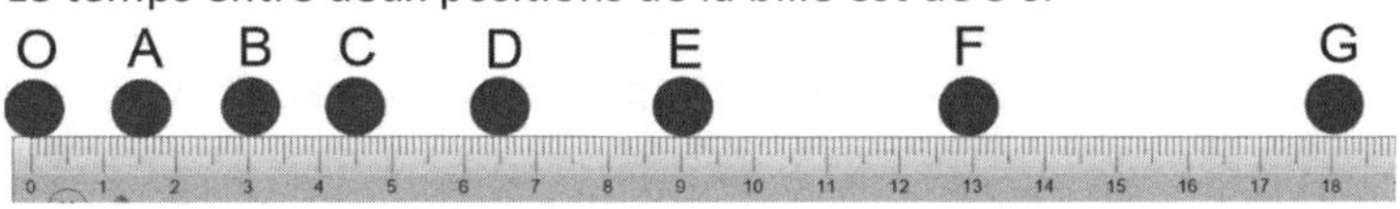

1. Rappeler la relation mathématique permettant de calculer une vitesse.
2. Calculer les différentes vitesses moyenne des billes, entre les positions *A* et *G* de la bille, par rapport au point *O*, en cm/s.
3. Comment évolue la vitesse de la bille entre les positions *O* et *C* ?
4. Comment évolue la vitesse de la bille entre les positions *C* et *G* ?
5. Comment évolue la vitesse de la bille au cours de son mouvement ?

26 QU'EST-CE QUE LE MOUVEMENT ET LA TRAJECTOIRE D'UN OBJET ?

Qu'est-ce que le mouvement ?

L'objet ou le point d'un objet, dont on étudie le mouvement, est appelé **le système**.
Le mouvement est le **déplacement du système** dans l'espace.

Exemple

Si on étudie le mouvement d'une voiture, on peut choisir d'étudier la voiture dans sa globalité ou un point précis de la voiture, cela peut avoir une incidence sur le mouvement que l'on obtiendra. En effet, si l'objet étudié est une voiture, le système choisi peut être une des roues de la voiture ou un point de la carrosserie pour étudier la voiture dans sa globalité.

Qu'est-ce que la trajectoire ?

La trajectoire du système est **l'ensemble des positions successives occupées** par le système lors de son mouvement.
Pour trouver la trajectoire, il faut prendre un point du système et le reporter sur chacune de ses positions successives et les relier à main levée.

Quelles sont les différentes formes de la trajectoire ?

La forme de la trajectoire d'un système au cours de son mouvement peut être :

- une ligne droite ;
- un arc de cercle ou un cercle ;
- une courbe.

TOP CHRONO
C'est l'interro !

Exercice 26.1 (10 pts) *8 min*

1. Qu'est que le système ?
2. Qu'est-ce que le mouvement ?
3. Qu'est-ce que la trajectoire d'un système ?
4. Quelles sont les différentes formes possibles de trajectoire d'un système en mouvement ?

Exercice 26.2 (6 pts) *8 min*

Dans la situation ci-dessous on étudie la trajectoire dont le système est la Lune.

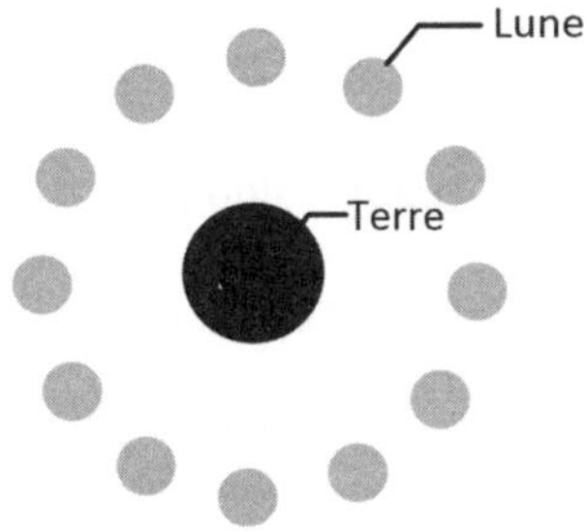

1. Repérer un point du système et reporter le sur ses différentes positions.
2. Tracer la trajectoire du système.
3. Quelle forme décrit la trajectoire du système ?

Exercice 26.3 (9 pts) *10 min*

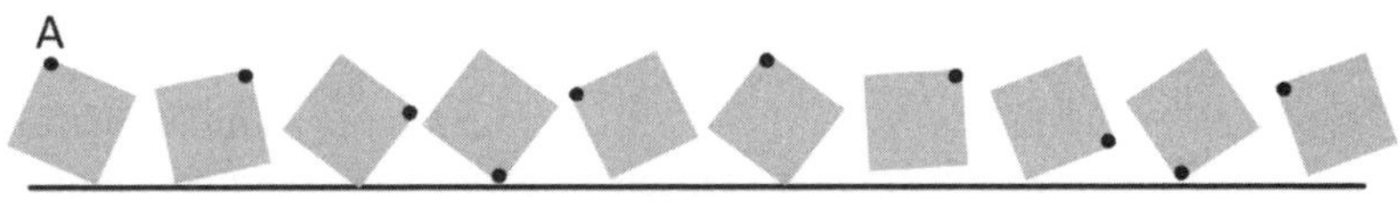

Si on considère que le système est le point *A* du carton :

1. Tracer la trajectoire du système étudié.
2. Quelle forme décrit la trajectoire du système étudié ?

Si on considère que le système est le centre du carton :

3. Tracer la trajectoire du système étudié.
4. Quelle forme décrit la trajectoire du système étudié ?
5. Que peut-on dire de la forme de la trajectoire du carton, suivant le système choisi ?

27 COMMENT CARACTÉRISER UN MOUVEMENT ?

Ce que je sais déjà

Je connais les différents types et natures d'actions mécaniques et ainsi la notion de donneur et receveur.

Quelle est la nature d'un mouvement ?

Suivant la variation de la vitesse d'un système, on peut définir la **nature de son mouvement**. Il est dit :

- **accéléré** si la valeur de sa vitesse augmente au cours du temps ;
- **décéléré** ou **ralenti** si la valeur de sa vitesse diminue au cours du temps ;
- **uniforme** si la valeur de sa vitesse est constante au cours du temps ;
- **varié** si la valeur de sa vitesse change au cours du temps.

Qu'est-ce que le type d'un mouvement ?

Le **type de mouvement** d'un système dépend de la **forme de sa trajectoire**.
Le type de mouvement est dit :

- **rectiligne** si la trajectoire de l'objet décrit une **ligne droite** ou est **linéaire** ;
- **circulaire** ou **de rotation** si la trajectoire de l'objet décrit un arc de cercle ou un cercle ;
- **curviligne** si la trajectoire de l'objet n'est ni un cercle, ni une ligne droite, mais une **courbe**.

Comment caractériser un mouvement ?

Pour caractériser entièrement le mouvement d'un système, il faut en connaître sa nature et son type.

TOP CHRONO
C'est l'interro !

Exercice 27.1 (10 pts) *8 min*

1. Comment caractériser entièrement le mouvement d'un système ?
2. Quels sont les différents types d'un mouvement ?
3. Quelles sont les différentes natures d'un mouvement ?

Exercice 27.2 (8 pts) *10 min*

On étudie une bille suspendue à un fil, dont le mouvement est représenté ci-dessous. Le temps entre deux positions est constant.

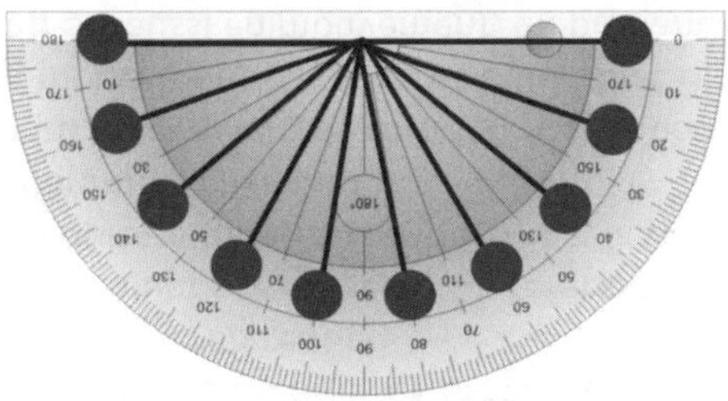

1. Comment évolue la vitesse de la bille au cours du mouvement ?
2. Déduire la nature du mouvement de la bille.
3. Quelle est la trajectoire de la bille ?
4. Déduire le type de mouvement de la bille.

Exercice 27.3 (7 pts) *10 min*

On étudie le mouvement d'une balle qui est représenté ci-dessous. Le temps entre deux positions est constant.

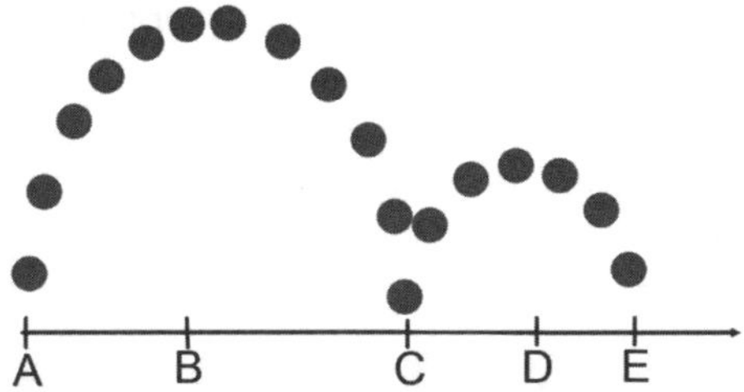

1. Quelle est trajectoire de la balle et la nature de son mouvement ?
2. Comment évolue la vitesse de la balle entre les points A et B ainsi qu'entre les points B et C et entre les points C et D ?
3. Déduire le type de mouvement de la balle.

28

QU'EST-CE QUE LA RELATIVITÉ DU MOUVEMENT ?

Ce que je sais déjà

Je connais la notion de système, de trajectoire et je sais caractériser un mouvement.

Qu'est-ce qu'un référentiel ?

Lors de l'étude du mouvement d'un objet, il faut définir le **référentiel** d'étude, c'est-à-dire un objet que l'on va prendre comme référence.

Influence du référentiel sur le mouvement

Suivant le référentiel choisi, la forme de la trajectoire et les caractéristiques du mouvement du système étudié peuvent changer.

Ainsi, suivant le choix du référentiel, un système peut paraître **immobile** ou **au repos** par rapport à un référentiel et **mobile** (c'est-à-dire en mouvement) par rapport à un autre référentiel.

Un objet A est en mouvement par rapport à un référentiel, si :

- la distance entre l'objet A et le référentiel, ou si la position de l'objet A par rapport au référentiel, changent ;
- si l'objet A décrit un mouvement de rotation par rapport au référentiel.

Si un objet A est en mouvement par rapport à un objet B, servant de référentiel, alors l'objet B est aussi en mouvement, en prenant l'objet A comme référentiel.

C'est pour cela, que le mouvement d'un système est dit **relatif**.

Exemple :

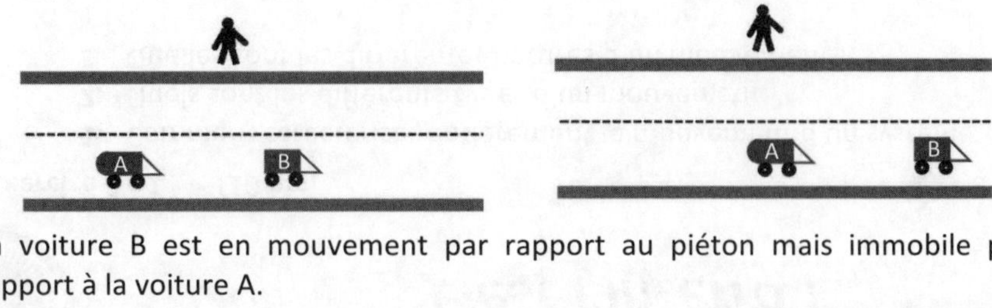

La voiture B est en mouvement par rapport au piéton mais immobile par rapport à la voiture A.

TOP CHRONO
C'est l'interro !

Exercice 28.1 (6 pts) *7 min*

1. Qu'est-ce qu'un référentiel ?
2. Quelle influence peut avoir le choix du référentiel sur le mouvement ?
3. Comment savoir si un objet est en mouvement par rapport à son référentiel ?

Exercice 28.2 (8 pts) *10 min*

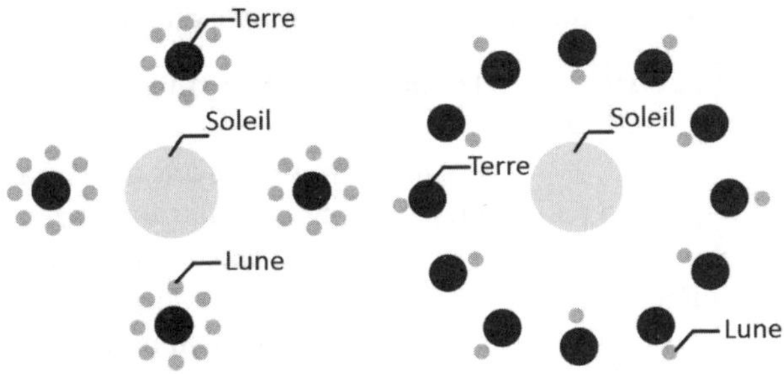

1. Sur l'image 1, donner la trajectoire de la Lune si le référentiel est la Terre.
2. Sur l'image 2, donner la trajectoire de la Lune si le référentiel est le Soleil.

Exercice 28.3 (7 pts) *10 min*

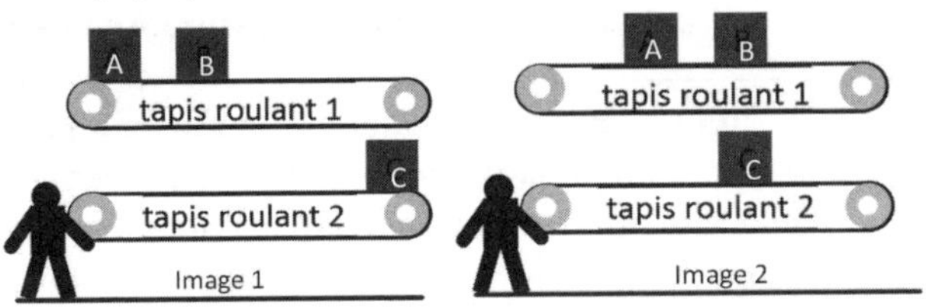

En comparant les deux images, identifier si le système choisi est en mouvement ou immobile par rapport au référentiel.

situation	système	référentiel
1	carton A	Homme
2	carton A	carton B
3	carton C	carton A
4	carton C	Homme
5	Homme	carton B

29 QU'EST-CE QU'UNE ACTION MÉCANIQUE ?

Qu'est-ce qu'une action mécanique ?

Une **action mécanique** est une action exercée par un objet sur un autre objet.
Le **receveur** est l'objet subissant l'action mécanique et **l'acteur** ou le **donneur** est l'objet exerçant l'action mécanique sur le receveur.
Quand un objet A agit sur un objet B, simultanément l'objet B agit aussi sur l'objet A : on dit que les deux objets sont en **interaction**.

Quels sont les différents types d'action mécanique ?

Il existe deux types d'action mécanique :
- les actions de contact, lorsque le donneur touche le receveur ;
- les actions à distance, lorsque le donneur est éloigné du receveur.

Quelles sont les différentes natures d'une action mécanique ?

La nature d'une action mécanique peut être :
- ponctuelle, si l'action mécanique est exercée sur un point précis ou une petite surface du receveur ;
- répartie, si l'action mécanique est exercée sur l'ensemble du receveur ou sur une grande surface du receveur.

Quels sont les différents effets engendrés par une action mécanique ?

Les effets possibles d'une action mécanique peuvent être de :
- mettre le receveur en mouvement ;
- changer la trajectoire ou la vitesse du receveur ;
- déformer le receveur ;
- maintenir le receveur au repos ou en équilibre.

TOP CHRONO
C'est l'interro !

Exercice 29.1 (10 pts) *10 min*

1. Qu'est-ce qu'une action mécanique ?
2. Quel nom donne-t-on à l'objet exerçant l'action mécanique ?
3. Quel nom donne-t-on à l'objet subissant l'action mécanique ?
4. Quels sont les différents types d'action mécanique ?
5. Quelles sont les différentes natures d'action mécanique ?
6. Quels sont les effets possibles d'une action mécanique ?

Exercice 29.2 (9 pts) *10 min*

	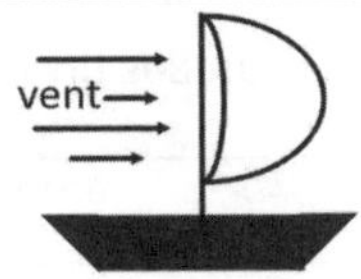	
Situation 1 donneur : aimant receveur : bille	Situation 2 donneur : vent receveur : voile	Situation 2 donneur : homme receveur : voiture

1. Pour chacune des situations, préciser la nature et le type d'action mécanique.
2. Pour chacune des situations, donner l'effet mécanique que provoque l'action mécanique.

Exercice 29.3 (11 pts) *15 min*

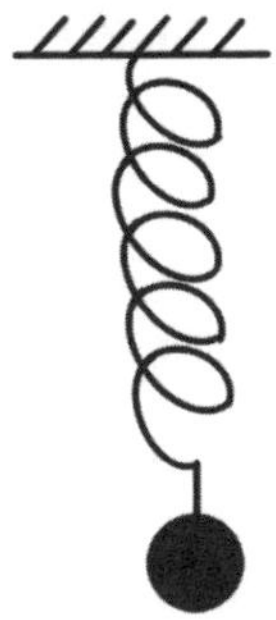

Soit une bille accrochée à un ressort.
Si on considère que le système est la bille :

1. Préciser quel est le donneur et quel est le receveur de l'action mécanique.
2. Quels sont la nature et le type d'action mécanique ?
3. Quel est l'effet de l'action mécanique ?

Si on considère maintenant que le système est le ressort :

4. Préciser quel est le donneur et quel est le receveur de l'action mécanique.
5. Quels sont la nature et le type d'action mécanique ?
6. Quel est l'effet de l'action mécanique ?
7. Comment peut-on décrire ce qui se passe entre les deux objets ?

30 QU'EST-CE QU'UNE FORCE ?

Ce que je sais déjà

Je connais les différents types et natures d'actions mécaniques et ainsi la notion de donneur et receveur.

Qu'est-ce qu'une force ?

Une force est la **modélisation** de l'action mécanique que subit un système.

Les caractéristiques d'une force

Une force est caractérisée par :
- un point d'application : l'endroit où s'applique l'action mécanique ;
- une direction : par exemple verticale, horizontale ou une droite d'action ;
- un sens : par exemple vers le bas, vers la droite ou du point *A* vers le point *B* ;
- une intensité : c'est la valeur de la force en newton.

Si un système subit une action répartie, le point d'application est le centre du système subissant l'action mécanique.

La représentation d'une force

On représente une force par un segment fléché, noté, $\vec{F}_{donneur/receveur}$ avec :
- le point de départ est le point d'application de la force ;
- de même direction que la force ;
- l'extrémité de la flèche indique son sens ;
- la longueur du segment est proportionnelle à la valeur de la force.

La plupart du temps on représente une force en respectant une échelle

Exemple : représenter la force d'intensité $300\ N$, exercée par une bille sur le fil qui la retient, et en utilisant l'échelle suivante :
$1\ \text{cm} \rightarrow 100\ \text{N}$.

Il faut déjà bien identifier le donneur et le receveur, puis caractériser la force.

Le donneur : la bille *Le receveur* : le fil
Point application : point de contact entre la bille et le fil
Direction : verticale *Sens* : haut en bas
En respectant l'échelle, la force mesure 3 cm.

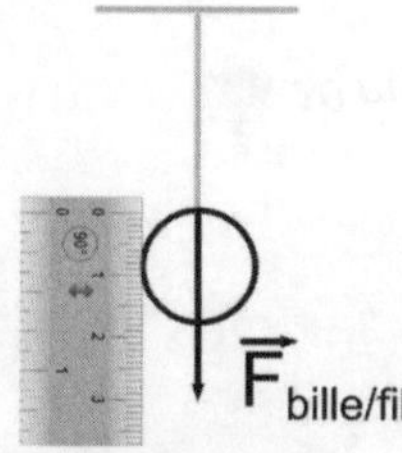

TOP CHRONO
C'est l'interro !

Exercice 30.1 (8 pts) *5 min*

1. Qu'est-ce qu'une force ?
2. Quelles sont les caractéristiques d'une force ?
3. Comment représente-t-on une force ?

Exercice 30.2 (11 pts) *10 min*

On étudie une bille de fer qui est attiré par un aimant et dont l'intensité de la force est 450 N.

1. Préciser quel est le donneur et quel est le receveur de l'action mécanique.
2. Donner les différentes caractéristiques de la force.
3. Représenter la force en prenant comme échelle $1 \text{ cm} \rightarrow 250 \text{ N}$.

Exercice 30.3 (11 pts) *10 min*

On étudie un ressort qui subit l'action de la bille auquel il est attaché et dont la force est 600 N.

1. Préciser quel est le donneur et quel est le receveur de l'action mécanique.
2. Donner les différentes caractéristiques de la force.
3. Représenter la force en prenant comme échelle $1 \text{ cm} \rightarrow 300 \text{ N}$.

31 QU'EST-CE QUE L'INTERACTION GRAVITATIONNELLE OU GRAVITATION ?

Ce que je sais déjà

Je connais les actions mécaniques et je sais les caractériser et les modéliser.

Qu'est-ce que l'interaction gravitationnelle ?

L'attraction gravitationnelle ou la gravitation est une interaction attractive entre deux objets qui ont une masse. C'est une action mécanique à distance et répartie.

L'attraction gravitationnelle est dite **universelle** car elle s'exerce sur tous les objets ayant une masse. Elle a eu un rôle majeur dans la création et l'évolution de l'Univers ainsi que dans la formation du système solaire.

Les propriétés de l'interaction gravitationnelle

L'attraction gravitationnelle dépend de la distance séparant les objets et de leur masse.

- Plus la distance entre les deux objets augmente, plus l'attraction gravitationnelle diminue.
- Plus la masse d'un ou des deux objets augmente, plus l'attraction gravitationnelle augmente.

Les forces gravitationnelles

Comme toutes les actions mécaniques, l'attraction gravitationnelle entre deux objets, peut être modélisée par deux forces de même direction, de même intensité mais de sens opposé et de point d'application, le centre de chacun des objets.

Effet de la gravitation sur les astres

Un des effets de la gravitation est de faire tourner un objet, qui a une vitesse suffisante, autour d'un autre objet plus lourd. Sans la force gravitationnelle, l'objet le plus léger continuerait sa trajectoire rectiligne ou resterait au repos.

Ainsi, c'est par son attraction gravitationnelle, que la Terre fait tourner la Lune et les satellites artificiels autour d'elle et qu'elle les retient.

De même, la Lune exerce sur la Terre son attraction gravitationnelle et cela engendre le phénomène des marées.

TOP CHRONO
C'est l'interro !

Exercice 31.1 (10 pts) *8 min*

1. Qu'est-ce que la gravitation ?
2. Pourquoi dit-on que la gravitation est une action universelle ?
3. Comment évolue la gravitation en fonction de la distance ?
4. Comment évolue la gravitation en fonction de la masse ?
5. Quel est l'effet de l'interaction gravitationnelle exercée par la Lune sur la Terre ?

Exercice 31.2 (14 pts) *11 min*

1. Expliquer pourquoi la Terre tourne autour du Soleil avec la notion d'action mécanique.
2. Caractériser les forces qui existent entre la Terre et le Soleil.
3. Représenter par un dessin ce qui se passe entre la Terre et le Soleil en traçant les différentes forces.

Exercice 31.3 (10 pts) *15 min*

D'après la loi de la gravitation, la force s'exerçant entre deux corps A et B de masse m_A et m_B, qui sont séparés par une distance d est :

$F = G \times \frac{m_A \times m_B}{d^2}$ avec m_A et m_B en kilogramme, d en mètre, F en newton et G constante de gravitation universelle.

Si on considère que : la masse de la Terre est de : $M_T = 5{,}98 \times 10^{24}$ kg ; la masse de la Lune est : $M_L = 7{,}35 \times 10^{22}$ kg ; la masse du Soleil est : $M_S = 1{,}99 \times 10^{30}$ kg ; la distance moyenne Terre-Lune est : $d_{TL} = 3{,}84 \times 10^8$ m ; la distance moyenne Lune-Soleil est : $d_{LS} = 1{,}5 \times 10^{11}$ m ; et la constante de gravitation universelle est : $G = 6{,}67 \times 10^{-11}$ N•m^2/kg^2.

1. En utilisant la relation mathématique de la force de gravitation, ci-dessus, calculer l'intensité de la force gravitationnelle exercée par le Soleil sur la Lune.
2. En utilisant la relation mathématique de la force de gravitation, ci-dessus, calculer l'intensité de la force gravitationnelle exercée par la Terre sur la Lune.
3. Après avoir comparé les résultats des questions précédentes, quelle question peut-on se poser ?

32 QUELLE EST LA DIFFÉRENCE ENTRE LE POIDS ET LA MASSE ?

Ce que je sais déjà

Je connais les actions mécaniques, l'interaction gravitationnelle, la masse, leurs unités. Je sais aussi caractériser une force.

Quelle est la différence entre le poids et la masse ?

Le poids et la masse sont deux grandeurs bien différentes. La masse représente la quantité de matière d'un objet.

Le poids est **l'action mécanique** exercée à **distance** et **répartie** par un astre sur les objets, situés dans son voisinage. Le poids est un cas particulier de la gravitation appliqué aux objets situés à la surface de l'astre.

Le poids dépend de l'endroit où l'on se trouve contrairement à la masse qui est invariable (ne change pas).

Le poids se mesure avec un **dynamomètre** et son unité légale est le newton (N) comme toute action mécanique.

La relation mathématique entre le poids et la masse

Le poids et la masse sont proportionnels.

La relation de proportionnalité est : $P = m \times g$ avec P en newton (N), m en kilogramme (kg) et g en newton par kilogramme $\left(\text{N/kg}\right)$.

g est appelée **intensité de la pesanteur** ou **coefficient de gravité** de l'astre. Pour la Terre $g_{Terre} = 9{,}81\ \text{N/kg}$ soit environ $10\ \text{N/kg}$.

Les caractéristiques de la force du poids

La force du poids est caractérisée par :

- *point d'application* : le centre de l'objet subissant l'action de l'astre ;
- *direction* : verticale ;
- *sens* : vers le bas ou de haut en bas et dirigé vers le centre de l'astre ;
- *intensité* : se mesure avec un dynamomètre ou se calcule en utilisant avec la relation $P = m \times g$.

TOP CHRONO
C'est l'interro !

Exercice 32.1 (10 pts) *8 min*

1. Qu'est-ce que la masse et son unité légale ?
2. Qu'est-ce que le poids et son unité légale ?
3. Quelle est la relation mathématique permettant de calculer le poids d'un objet ?
4. Quelles sont les caractéristiques de la force du poids ?
5. Quelle est la valeur de l'intensité de la pesanteur de la Terre ?

Exercice 32.2 (11 pts) *10 min*

Neil Armstrong, le premier homme à avoir marché sur la Lune, avait avec sa combinaison une masse de 142 kg.

Données :

Coefficient de gravité de la Lune : $g_L = 1{,}6$ N/kg .

Coefficient de gravité de la Terre : $g_T = 10$ N/kg .

1. Donner la relation mathématique permettant de calculer le poids d'un objet.
2. Calculer le poids d'Armstrong sur la Terre.
3. Calculer le poids d'Armstrong sur la Lune.
4. Expliquer pourquoi Armstrong avançait par petits bonds sur la Lune alors qu'il avait du mal à se déplacer sur la Terre.

Exercice 32.3 (9 pts) *15 min*

On trouve sur internet un article donnant les valeurs, pour différentes planètes des coefficients de gravité, suivantes :

Planètes	Mercure	Vénus	Terre	Mars	Jupiter	Saturne	Uranus	Neptune
Coefficient de gravité (N/kg)	3,7	8,9	9,8	3,7	24,8	10,6	8,9	11,2

1. Un cosmonaute pèse 59,15 kg. Calculer la valeur de son poids sur Mars en arrondissant le résultat au dixième.
2. Quelle serait la valeur de la masse de ce cosmonaute sur Neptune et pourquoi ?
3. Si sur une planète, un sac possède une masse de 730 g et un poids de 6,5 N ; calculer la valeur du coefficient de gravité de la planète où se trouve le sac.
4. Sur quelle planète se trouve le sac ?

33 QU'EST-CE QUE LE DIAGRAMME OBJET-INTERACTION ?

Ce que je sais déjà

Je connais les différentes actions mécaniques et je sais les caractériser.

Qu'est-ce que le diagramme objet-interaction ?

Le diagramme objet-interaction ou DOI est un diagramme qui permet de visualiser les différentes actions mécaniques qui agissent sur le système étudié par les objets qui l'entourent.

Comment réaliser un diagramme objet interaction ?

Pour réaliser un diagramme objet interaction, il faut :
- mettre au centre dans une forme géométrique (rectangle, ovale), le système étudié ;
- mettre autour dans une forme géométrique, les objets en interaction avec le système ;
- relier le système et les objets autour par :
  - des doubles flèches en traits pleins pour les interactions de contact,
  - des doubles flèches en pointillé pour les interactions à distance.

Exemple :

Si on prend une bille suspendue à un fil qui est lui-même attaché au plafond.

Si le système est la bille, le diagramme objet-interaction de la situation sera le suivant :

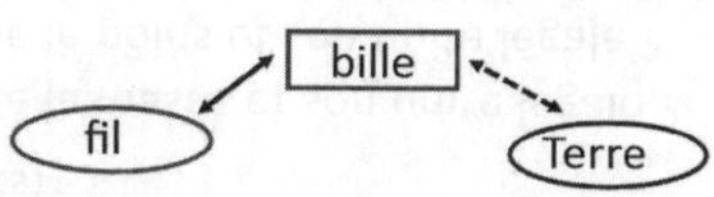

Mais si le système est le fil, alors, le diagramme objet-interaction de la situation sera le suivant :

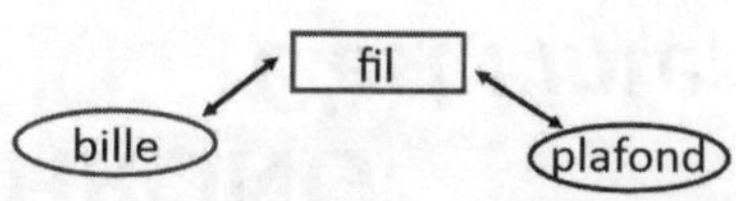

TOP CHRONO
C'est l'interro !

Exercice 33.1 (10 pts) *10 min*

1. Que représente le diagramme objet-interaction ?
2. Comment réaliser un diagramme objet-interaction ?

Exercice 33.2 (11 pts) *10 min*

Si on considère les actions mécaniques intervenant entre le Soleil, la Terre et la Lune.

1. Quel nom est donné à l'action mécanique existant entre la Terre et le Soleil ?
2. Quel est le type et quelle est la nature de l'action mécanique existant entre le Soleil et la Terre ?
3. Quel est le type et quelle est la nature de l'action mécanique existant entre la Terre et la Lune ?
4. Réaliser le diagramme objet-interaction dont le système est la Terre.

Exercice 33.3 (9 pts) *6 min*

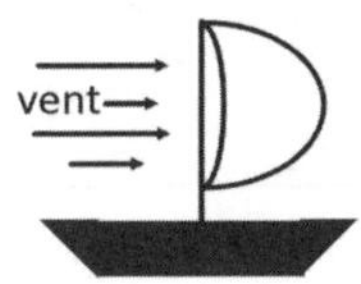

Si on considère la situation représentée par le dessin ci-dessus :

Représenter le diagramme objet-interaction si le système est l'ensemble du bateau, sans oublier les différents frottements qui peuvent intervenir.

34 QUE FAUT-IL POUR AVOIR UN OBJET EN ÉQUILIBRE ?

Ce que je sais déjà

Je connais les différentes actions mécaniques, les forces et leurs caractéristiques.

Quand un système est-il en équilibre ?

Un système est en équilibre, c'est-à-dire immobile, à condition que les forces qui s'appliquent sur le système se compensent.
Si le système est soumis à deux forces, alors les deux forces sont de même intensité, de même direction mais de sens opposés.

Exemple

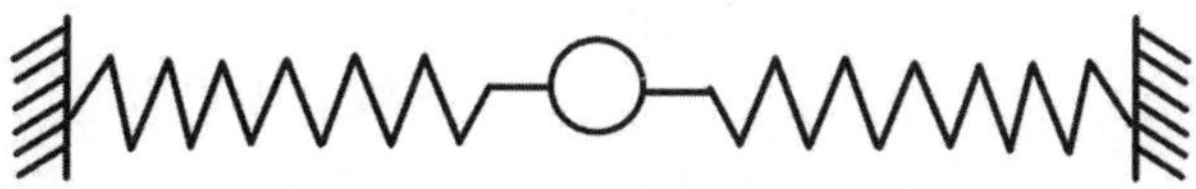

Si le système est la bille, les caractéristiques de la force exercée par le ressort de droite sont :

- intensité de 125 N ;
- direction : horizontale ;
- sens : vers la droite ;
- point d'application : le point de contact entre la bille et le ressort de droite.

La bille sera en équilibre si le ressort de gauche exerce sur la bille une force dont les caractéristiques sont :

- intensité de 125 N ;
- direction : horizontale ;
- sens : vers la gauche ;
- point d'application : le point de contact entre la bille et le ressort de gauche.

TOP CHRONO
C'est l'interro !

Exercice 34.1 (5 pts) *4 min*

1. Quelle est la condition pour qu'un système soit en équilibre ?
2. Quelles doivent être les caractéristiques des deux forces s'exerçant sur un système pour que celui-ci soit en équilibre ?

Exercice 34.2 (13 pts) *12 min*

Si on considère une balle de 30 g qui est en équilibre, posée sur une table.

1. Tracer le diagramme objet-interaction dont le système est la balle.
2. Calculer l'intensité de la force exercée par la Terre sur le système.
3. Quelles sont les caractéristiques de la force exercée par la Terre sur le système ?
4. Quelles sont les caractéristiques de la force exercée par la table ?

Exercice 34.3 (9 pts) *6 min*

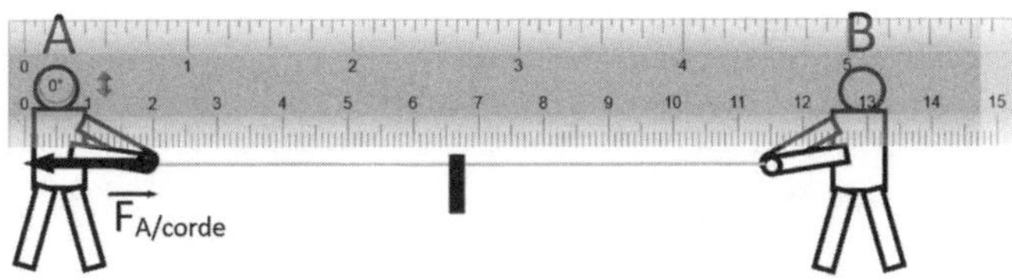

On considère la situation représentée par le dessin ci-dessus, dont l'échelle utilisée est : 1 cm $\rightarrow$ 250 N .

1. Tracer le diagramme objet-interaction dont le système est la corde.
2. Déterminer les caractéristiques de la force exercée par l'homme A sur la corde.
3. Quelles sont les caractéristiques de l'autre force exercée sur la corde si celle-ci est en équilibre ?

L'ÉNERGIE ET SES CONVERSIONS

35 QU'EST-CE QUE L'ÉNERGIE, SES FORMES ET SES SOURCES ?

Ce que je sais déjà

Je connais déjà la différence entre une forme et une source d'énergie et je sais en citer plusieurs (énergie chimique, thermique, lumineuse, fossile).

Qu'est-ce que l'énergie ?

L'énergie (du grec « *energia* », force en action) est une grandeur caractérisant l'état d'un système qui subit une ou plusieurs interactions et qui peut permettre de déterminer l'évolution possible du système ou de deux systèmes en interactions.
Il n'est pas possible de mesurer directement l'énergie.
Son unité légale est le joule (J), il existe plusieurs unités usuelles, dont le kilowattheure (kWh) et la calorie (cal).
Au cours d'une interaction, l'énergie peut être :

- transférée d'un système à un autre système sans changement de forme ;
- convertie ou transformée d'une forme en une autre forme d'énergie ;
- stockée ou emmagasinée.

Les sources d'énergie primaires et secondaires

Une source d'énergie primaire désigne une énergie disponible dans l'environnement sans transformation (énergie éolienne, énergie solaire, énergie fossile...).
Une source d'énergie secondaire est une énergie obtenue par transformation d'une source d'énergie primaire (énergie électrique, essence).

Les sources d'énergies renouvelables

Une énergie est qualifiée de renouvelable si le renouvellement naturel est assez rapide pour qu'elle puisse être considérée comme inépuisable à l'échelle humaine, comme par exemple les énergies solaire ou éolienne.

Les pertes d'énergie

Au cours des transferts ou des conversions d'énergie, il y a toujours une partie de l'énergie qui est transformée en énergie thermique et qui part dans l'environnement, alors que ce n'est pas voulu. C'est cette partie d'énergie, que l'on qualifie de perte, car elle n'est pas utilisable.

TOP CHRONO
C'est l'interro !

Exercice 35.1 (13 pts) *9 min*

1. Qu'est-ce que l'énergie ?
2. Donner l'unité légale et une unité usuelle de l'énergie.
3. Quelle est la différence entre une énergie primaire et secondaire ?
4. Citer un exemple d'une énergie primaire et d'une énergie secondaire.
5. Qu'est-ce qu'une énergie renouvelable ?
6. Citer un exemple d'une forme d'énergie renouvelable et une forme d'énergie non renouvelable.

Exercice 35.2 (14 pts) *6 min*

1. Compléter le tableau ci-dessous

Forme d'énergie	Source d'énergie
	vent
énergie nucléaire	
	particule électrique
énergie fossile	
	eau d'un barrage
énergie solaire	
	chaleur
énergie biomasse	
	particules (atomes, molécules)
énergie géothermique	
	marée

2. Relever les différentes sources d'énergie renouvelables du tableau.

Exercice 35.3 (10 pts) *8 min*

Pour une journée, une personne a un besoin de 2 082 kcal. Le petit-déjeuner doit apporter 25 % des apports énergétiques de la journée. Marie prend au petit déjeuner du pain (170 kcal) avec du beurre (144 kcal) et de la confiture (30 kcal), un bol lait (34 kcal) avec des céréales (110 kcal) et du jus d'orange (50 kcal).

1. Quel doit être l'apport d'énergie en kilocalories du petit-déjeuner ?
2. Quel sera l'apport énergétique en kilocalories du petit-déjeuner de Marie ?
3. L'apport énergétique du petit-déjeuner de Marie est-il satisfaisant ?
4. Convertir en joule l'énergie du petit-déjeuner de Marie si 1 cal = 4,18 J.

36 QU'EST-CE QUE L'ÉNERGIE CINÉTIQUE ?

Ce que je sais déjà

Je sais ce que représente l'énergie et je connais son unité légale ainsi que différentes formes et sources d'énergie.

Qu'est-ce que l'énergie cinétique ?

L'énergie cinétique d'un objet, du grec « kinesis » qui veut dire mouvement, notée E_c, est une énergie qui est emmagasinée lors du déplacement d'un objet. Elle est aussi appelée énergie de mouvement.

La relation mathématique de l'énergie cinétique

L'énergie cinétique d'un objet est proportionnelle à la masse de l'objet et au carré de la vitesse de l'objet. La relation mathématique reliant la masse m et la vitesse v de l'objet est :

$$E_c = \frac{1}{2} \times m \times v^2$$

Si on utilise l'unité légale de l'énergie, alors l'énergie cinétique E_c sera en joule (J), la masse m sera en kilogramme (kg) et la vitesse v en mètre par seconde (m/s).
On peut remarquer que si la vitesse de l'objet double alors son énergie cinétique va être quadruplée (c'est-à-dire multipliée par 4).

Énergie cinétique et sécurité routière

Pour un véhicule, lors d'un freinage, l'énergie cinétique est convertie en énergie thermique, jusqu'à la transformation totale de l'énergie cinétique emmagasinée pour obtenir l'arrêt du véhicule.
Lors d'un choc, l'énergie cinétique est convertie en énergie de déformation :
- par déformation du véhicule (carrosserie, pare-brise...) ;
- par déformation de l'objet percuté (mur, véhicule).

TOP CHRONO
C'est l'interro !

Exercice 36.1 (7 pts) *5 min*

1. Qu'est-ce que l'énergie cinétique d'un objet ?
2. Quelle est l'unité légale de l'énergie cinétique ?
3. Quelle est la relation mathématique permettant de calculer l'énergie cinétique d'un objet ?
4. Comment va évoluer l'énergie cinétique d'un objet si sa vitesse est multipliée par deux ?

Exercice 36.2 (12 pts) *10 min*

Un élève de 45 kg utilise son scooter de masse 95 kg, pour aller à son collège. Il roule à la vitesse moyenne de 48 km/h sur une route sèche.

1. Quelle est la vitesse du scooter en m/s ?
2. Calculer l'énergie cinétique totale du scooter et de son conducteur.
3. Sachant que la relation mathématique pour calculer la distance de freinage d'un véhicule en mètre est : $D_F = \dfrac{v^2}{254 \times f}$ avec v ; vitesse du véhicule en km/h et f, le coefficient d'adhérence. $f = 0{,}4$ sur route mouillée et $f = 0{,}8$ sur route sèche.
   Calculer la distance de freinage nécessaire pour stopper le scooter.
4. Comment va être utilisée l'énergie cinétique du scooter lors du freinage ?

Exercice 36.3 (13 pts) *15 min*

Un camion de 3,5 tonnes possède une énergie cinétique de 1 093,7 kJ.

1. Exprimer les données de l'énoncé dans leurs unités légales.
2. Calculer la vitesse du camion.
3. Quelle sera l'énergie cinétique d'une voiture de 1 240 kg roulant à la même vitesse ?
4. Lors d'un choc entre ces deux véhicules, lequel aura le plus de dégâts ?
5. Quelle vitesse la voiture devra-t-elle avoir pour posséder la même énergie cinétique que le camion ?

37 QU'EST-CE QUE L'ÉNERGIE POTENTIELLE ?

Ce que je sais déjà

Je sais ce que représentent l'énergie et le poids, je connais leurs unités légales et comment les calculer.

Qu'est-ce que l'énergie potentielle ?

L'énergie potentielle, notée E_p, aussi appelée énergie de position, est une autre forme d'énergie, qui est liée à la position d'un objet dans l'espace. Elle correspond à l'énergie emmagasinée par un objet lors de son déplacement en hauteur.

La relation mathématique de l'énergie potentielle

L'énergie potentielle d'un objet est proportionnelle à l'altitude, ou à la hauteur de l'objet, et à son poids. La relation mathématique reliant la hauteur h, la masse m et le coefficient de gravité g est :

$$E_p = m \times g \times h$$

Si on utilise l'unité légale de l'énergie, alors l'énergie potentielle E_p sera en joule (J), la masse m sera en kilogramme (kg), la hauteur h en mètre (m) et le coefficient de gravité g en newton par kilogramme (N/kg).

TOP CHRONO
C'est l'interro !

Exercice 37.1 (8 pts) *6 min*

1. Qu'est-ce que l'énergie potentielle ?
2. Donner l'unité légale de l'énergie potentielle.
3. Quelle est la relation mathématique permettant de calculer l'énergie potentielle d'un objet ?
4. Comment évolue l'énergie potentielle d'un objet si sa masse augmente ?

Exercice 37.2 (9 pts) *14 min*

On considère trois objets que l'on positionne à différentes hauteurs.

Objet	Masse	Hauteur
Balle de tennis	57 g	50 dm
Boule de bowling	3,5 kg	50 cm
Boule de pétanque	690 g	2,5 m

On considérera pour l'exercice, que la valeur du coefficient de pesanteur de la Terre est de 9,8 N/kg.

1. Donner les valeurs des hauteurs de la boule de bowling et de la balle de tennis en mètre.
2. Donner les valeurs des masses de la balle de tennis et de la boule de pétanque en kilogramme.
3. Calculer les énergies potentielles de chacun des objets.
4. Classer ces objets dans l'ordre décroissant de leur énergie potentielle.

Exercice 37.3 (7 pts) *10 min*

Alan Eustace détient le record du monde du plus haut saut en parachute depuis la stratosphère atteignant une vitesse de 1 332 km/h. Si on considère qu'il avait au moment de son saut une énergie potentielle d'environ 29 225,2 kJ, qu'il avait une masse de 72 kg et que coefficient de pesanteur de la Terre est de 9,8 N/kg.

1. Donner la valeur de son énergie potentielle en joule.
2. Calculer l'altitude de départ de son saut en parachute en mètres.
3. Donner le résultat de la question 2 en arrondissant à l'unité et donner le résultat en kilomètres.

38 QU'EST-CE QUE L'ÉNERGIE MÉCANIQUE ?

Ce que je sais déjà

Je sais ce que représentent les énergies cinétique et potentielle d'un système et je connais leur unité légale et comment les calculer.

Qu'est-ce que l'énergie mécanique ?

L'énergie mécanique, notée E_m, est la somme de l'énergie cinétique et de l'énergie potentielle d'un système.
On peut donc écrire :

$$E_m = E_c + E_p$$

Conservation de l'énergie

L'énergie d'un système ne peut être **ni détruite**, **ni créée** et donc l'énergie totale initiale (au départ) est égale à l'énergie totale finale (à la fin).
C'est ce que l'on traduit par le fait qu'il y a conservation de l'énergie d'un système.
Ainsi, **en l'absence de frottement** (avec le sol ou l'air), lors du mouvement d'un objet, son énergie mécanique **se conserve** (reste constante).
Par exemple, lors de la chute libre d'un objet (c'est-à-dire sans frottement), l'énergie potentielle de l'objet diminue, car son altitude diminue, et est convertie progressivement en énergie cinétique. Comme l'énergie cinétique augmente alors la vitesse de l'objet augmente au cours de la chute.

TOP CHRONO
C'est l'interro !

Exercice 38.1 (8 pts) *6 min*

1. Qu'est-ce que l'énergie mécanique ?
2. Donner l'unité légale de l'énergie mécanique.
3. Comment évolue l'énergie mécanique au cours d'un mouvement sans frottement ?

Exercice 38.2 (10 pts) *7 min*

Dans un barrage hydroélectrique, de l'eau est stockée dans un lac de retenue à une altitude 150 m. Puis l'eau passe dans une conduite forcée et tombe avant d'arriver à l'entrée d'une turbine électrique. On suppose que l'eau ne subit aucun frottement.

1. Quelle forme d'énergie possède l'eau stockée dans le lac de retenue ?
2. Quelle action mécanique l'eau subit-elle lors de sa chute ?
3. Quelle conversion d'énergie a lieu lors de la chute de l'eau ?
4. Quelle forme d'énergie possède l'eau à l'entrée de la turbine électrique ?
5. Comment évolue l'énergie mécanique au cours du parcours de l'eau ?

Exercice 38.3 (16 pts) *10 min*

Une balle de tennis de masse 60 g avec une vitesse de 3,7 m/s est lancée du sol, point *O*, et monte jusqu'à une hauteur de 0,7 m. On suppose que la balle de tennis ne subit pas les frottements de l'air. On considérera pour l'exercice, que la valeur du coefficient de pesanteur de la Terre est de 9,8 N/kg.

1. Quelle forme d'énergie possède la balle au point *O* ?
2. Calculer la valeur de cette énergie au point *O* et arrondir le résultat au centième.
3. Quelle est la valeur de l'énergie potentielle au point *O* ?
4. Quelle est la valeur de l'énergie mécanique au point *O* ?
5. Quelle est la valeur de l'énergie mécanique au point *P* ?
6. Quelle conversion d'énergie a lieu lors de la montée de la balle ?
7. Donner la forme d'énergie que possède la balle au point *P* et sa valeur.

39 QU'EST-CE QUE LA PUISSANCE ÉLECTRIQUE ?

Ce que je sais déjà

Je sais ce que représentent la tension et l'intensité du courant électrique, ainsi que leur unité légale et comment les mesurer.

Qu'est-ce que la puissance ?

La puissance est la capacité d'un appareil à convertir ou échanger de l'énergie (reçue ou donnée) par unité de temps. Cela correspond à un débit d'énergie.
Si deux appareils, de puissances différentes, fournissent la même énergie, le plus puissant des deux est celui qui sera le plus rapide.
Pour deux appareils, de puissances différentes, le plus puissant des deux fournira plus d'énergie que l'autre.
L'unité légale de la puissance est le watt (W), ce qui correspond à des joules par seconde (J/s). Il existe une unité usuelle qui est le cheval-vapeur, encore utilisée dans le cas des moteurs thermiques : 1 ch = 736 W environ.

Comment calculer une puissance électrique ?

La puissance électrique, P, reçue par un appareil, est proportionnelle à la tension U et l'intensité du courant électrique I :

$$P = U \times I$$

Avec la puissance P en watt (W), la tension en volt (V) et l'intensité en ampère (A).

Puissance et installation électrique

Dans une maison, quand on se connecte au réseau électrique, on doit choisir un type d'abonnement, c'est-à-dire la puissance maximale que pourra utiliser l'installation à un moment donné. Plus on souhaite avoir une installation puissante, plus l'abonnement sera cher.
Si tous les appareils en fonctionnement dépassent cette puissance maximale à un instant donné, alors l'installation disjoncte, c'est-à-dire qu'il y a ouverture automatique d'un interrupteur.

TOP CHRONO
C'est l'interro !

Exercice 39.1 (10 pts) *12 min*

1. Que représente la puissance d'un appareil ?
2. Donner l'unité légale de la puissance.
3. Quelle est la relation mathématique pour calculer une puissance électrique ?
4. Quelle sera la différence entre deux appareils de puissances différentes ?
5. Dans une maison, que se passe-t-il si la puissance totale des appareils en fonctionnement dépasse celle de l'abonnement ?

Exercice 39.2 (10 pts) *7 min*

Une maison est équipée de plusieurs lampes à LED dont les mesures d'intensité et de tension sont rassemblées dans le tableau ci-dessous.

	Lampe 1	Lampe 2	Lampe 3	Lampe 4
Tension (V)	220 V	220 V	220 V	220 V
Intensité (A)	0,032 A	0,023 A	0,013 A	0,052 A

1. Rappeler la relation mathématique permettant de calculer la puissance électrique.
2. Calculer la puissance électrique de chacune des lampes.
3. Laquelle de ces lampes éclairera le plus ?

Exercice 39.3 (15 pts) *10 min*

Pour l'installation électrique d'une cuisine de tension 220 V, on a le choix de protéger l'installation électrique entre différents fusibles (10 A, 15 A, 20 A et 25 A). On veut brancher sur cette installation un four micro-ondes (800 W), un lave-vaisselle (1 500 W) et un four (2,5 kW).

1. Convertir en watt la puissance du four.
2. Calculer la valeur de l'intensité circulant dans chaque appareil électrique en fonctionnement, en arrondissant les résultats au centième.
3. Quelle sera l'intensité totale utilisée par l'ensemble des appareils en fonctionnement ?
4. Quel fusible faudra-t-il choisir pour protéger la cuisine ?

40 COMMENT CALCULER L'ÉNERGIE ÉLECTRIQUE CONSOMMÉE ?

Ce que je sais déjà

Je sais ce que représente la puissance électrique ainsi que son unité légale.

Qu'est-ce que l'énergie électrique consommée ?

L'énergie électrique consommée correspond à l'énergie convertie par un appareil pendant une seconde.
L'unité légale de l'énergie est le **joule (J)**.
L'unité couramment utilisée pour indiquer l'énergie consommée est le **kilowattheure (kWh).** Le rapport entre **kilowattheure et le joule est :**

$1\ kWh = 3\ 600\ 000\ J = 3{,}6 \times 10^6\ J$.

C'est avec cette unité que le compteur électrique indique l'énergie électrique consommée par les appareils électriques en fonctionnement.

Comment calculer l'énergie consommée ?

L'énergie électrique reçue ou consommée par un récepteur électrique connaissant sa puissance électrique P et sa durée t d'utilisation, se calcule avec la relation mathématique :

$$E = P \times t$$

Si on utilise les unités légales, l'énergie consommée sera joule (J), la puissance P en watt (W) et le temps t en seconde (s).
Avec l'énergie consommée en wattheure (Wh), la puissance P en watt (W) et le temps t en heure (h).

TOP CHRONO
C'est l'interro !

Exercice 40.1 (9 pts) *10 min*

1. Que représente l'énergie consommée ?
2. Quelle est l'unité légale de l'énergie et quelle est l'unité usuelle utilisée pour l'énergie électrique consommée ?
3. Quel est le rapport entre ces deux unités ?
4. Quelle est la relation mathématique pour calculer l'énergie électrique consommée avec les unités légales ?

Exercice 40.2 (12 pts) *10 min*

Un téléviseur de puissance 300 W est utilisé pendant 2 h 35 chaque jour.
Le prix d'un kilowattheure est facturé 15 centimes d'euro.

1. Rappeler la relation mathématique permettant de calculer l'énergie électrique consommée.
2. Calculer l'énergie électrique convertie par jour par ce téléviseur en wattheure.
3. Quelle quantité d'énergie sera convertie en une année par le téléviseur en kilowattheure ?
4. Quel sera le coût de fonctionnement en euros du téléviseur pendant une année ?

Exercice 40.3 (8 pts) *8 min*

Un compteur électrique a relevé une consommation de 1,67 kWh pendant une durée de 40 minutes.

Appareil	Fer à repasser	Four	Radiateur électrique
Puissance (W)	2 200	3 650	2 500

1. Calculer la puissance qui a été utilisée.
2. Identifier l'appareil électrique qui a fonctionné.
3. Convertir l'énergie électrique consommée en joule.

41 COMMENT PRODUIRE DE L'ÉNERGIE ÉLECTRIQUE ?

Comment produire de l'énergie électrique ?

La fabrication de l'énergie électrique se fait généralement par conversion d'énergie cinétique par l'intermédiaire d'un **alternateur** qui est un élément indispensable d'une centrale électrique.
Un alternateur est composé d'un rotor (aimant) qui tourne autour du stator (fils de cuivre enroulés). Le mouvement du rotor provoque l'apparition d'un courant électrique dans le stator.

Les différentes centrales électriques

Il existe quatre types de centrale électriques :
- les centrales nucléaires ;
- les centrales thermiques à flamme ;
- les centrales hydroélectriques ;
- les éoliennes.

Quels sont les avantages et inconvénients des différentes centrales ?

Centrale	Avantages	Inconvénients
Thermique à flamme	• Grande production d'énergie électrique	• Utilisation d'une énergie fossile • Dégagement de dioxyde de carbone
Hydroélectrique	• Utilise de l'énergie renouvelable • peu de pollution	• Ne fonctionne pas en continu
Nucléaire	• Grande production d'énergie électrique	• Produit des déchets radioactifs • Risque d'accidents nucléaires
Éolienne	• Utilise de l'énergie renouvelable • peu de pollution	• Ne fonctionne pas en continu

TOP CHRONO
C'est l'interro !

Exercice 41.1 (8 pts) *10 min*

1. Comment se fait la fabrication d'énergie l'électrique ?
2. Qu'est-ce qu'un alternateur ?
3. Quelles sont les différentes centrales électriques ?

Exercice 41.2 (7 pts) *10 min*

En France, un habitant consomme en moyenne 7 000 kWh. Paris a une population de 2,4 millions d'habitants. Une centrale nucléaire produit environ 7 000 GWh.

1. Quelle quantité d'énergie représente la consommation des habitants de la ville de Paris ?
2. Convertir la consommation en gigawattheure.
3. Combien de centrales nucléaires sont nécessaires pour couvrir la consommation de la ville de Paris ?

Exercice 41.3 (14 pts) *18 min*

La consommation électrique française annuelle est égale à 478 200 GWh. La production électrique annuelle d'une éolienne est de 4 030 MWh et celle d'une centrale nucléaire est de 7 000 GWh. L'énergie nucléaire produit 75 % des besoins en électricité de la France.

1. Convertir la production électrique annuelle d'une éolienne en gigawattheure.
2. Quelle quantité d'énergie électrique est produite par l'ensemble des centrales nucléaires ?
3. Combien de centrales nucléaires sont nécessaires pour produire cette quantité d'énergie électrique ?
4. Combien d'éoliennes faudrait-il pour produire la même quantité d'énergie ?
5. Pensez-vous que l'on peut remplacer toutes les centrales nucléaires par des éoliennes ?

42 COMMENT FAIRE UN DIAGRAMME DE BILAN D'ÉNERGIE ?

Ce que je sais déjà

Je connais les différentes formes et sources d'énergie.

Qu'est-ce que le diagramme de bilan d'énergie ?

Le diagramme de bilan d'énergie ou diagramme énergétique est un diagramme qui représente les échanges et conversions d'énergie d'un système ou d'une chaîne de système, c'est-à-dire après plusieurs conversions successives.
Pour le réaliser, on utilise différentes formes géométriques telles que :

Symbole	Représentation
▭	Source d'énergie ou réservoir
⬭	Système convertisseur d'énergie
→	Forme d'énergie

Exemple de diagramme de bilan d'énergie

Représentons le diagramme de bilan d'énergie de la chaîne énergétique d'une lampe alimentée par l'énergie électrique produite par une éolienne.
Pour cela il faut analyser chaque système entrant en compte dans cette chaîne énergétique, c'est-à-dire ici, une lampe et une éolienne. Puis il faut identifier les formes d'énergie exploitées et converties, ainsi que la ou les sources d'énergie intervenant. L'éolienne exploite comme source d'énergie l'énergie éolienne ayant comme source d'énergie, le vent, et la convertit en énergie électrique. La lampe exploite l'énergie électrique et la convertit en énergie lumineuse et en énergie thermique.

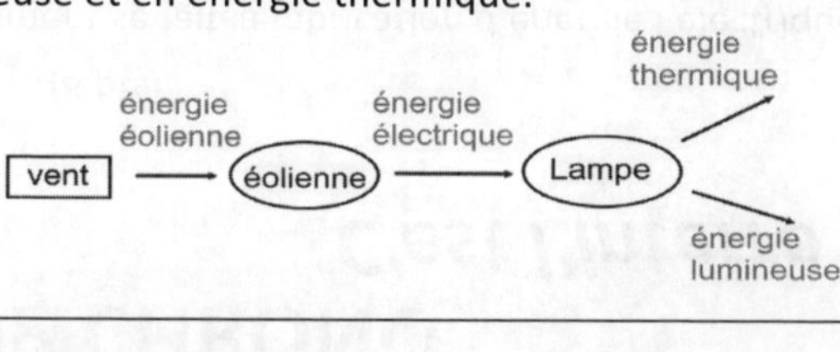

TOP CHRONO
C'est l'interro !

Exercice 42.1 (9 pts) *8 min*

1. Que représente un diagramme de bilan d'énergie ?
2. Comment réaliser un diagramme de bilan d'énergie ?
3. Réaliser le diagramme de bilan d'énergie d'une lampe.

Exercice 42.2 (10 pts) *7 min*

Soit une voiture roule grâce à un moteur à essence et dévie soudainement de sa trajectoire. Le conducteur freine brutalement mais ne parvient pas s'arrêter totalement et percute un mur.

1. Quelle source d'énergie utilise la voiture ?
2. Quelle forme d'énergie possède la voiture avant le choc ?
3. En quelles formes d'énergie la voiture va-t-elle convertir son énergie lors du choc ?
4. Recopier et compléter le diagramme de bilan d'énergie.

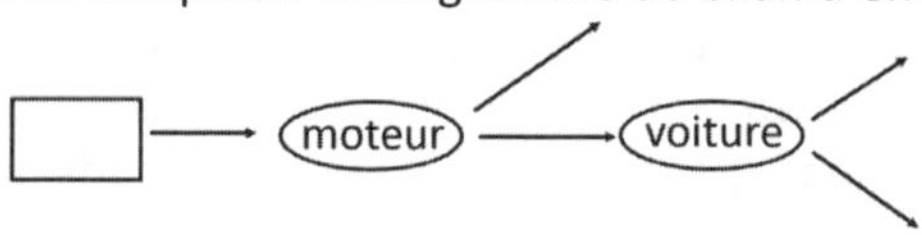

Exercice 42.3 (15 pts) *14 min*

En France, une grande part de l'énergie électrique est produite grâce à l'énergie nucléaire. On utilise comme source d'énergie, de *l'uranium*, qui sera convertie en *énergie thermique* dans le *réacteur nucléaire*. Cette énergie thermique sera elle-même convertie en *énergie cinétique* à l'aide d'un *générateur de vapeur* qui vaporisera l'eau en utilisant l'énergie crée lors de la réaction nucléaire.
L'énergie cinétique de la vapeur d'eau va entraîner l'hélice d'une *turbine* qui la transformera en *énergie mécanique* qui sera elle-même utilisée par *l'alternateur* pour créer de *l'énergie électrique* et de *l'énergie thermique* qui sera perdue.

1. Quelle source d'énergie utilise la centrale décrite dans le texte ?
2. Cette source d'énergie est-elle une énergie renouvelable ?
3. À quelle forme d'énergie correspond-elle ?
4. À l'aide des mots soulignés dans le texte, réaliser le diagramme énergétique de la chaîne énergétique.

43 QU'EST-CE QU'UNE RÉSISTANCE ?

Qu'est-ce qu'une résistance ?

Les matériaux permettant la circulation du courant électrique sont appelés des **conducteurs**, alors que les matériaux l'empêchant sont appelés des **isolants**.
La résistance est une grandeur correspondant à la capacité d'un matériau à faire circuler plus ou moins rapidement le courant électrique. Plus un conducteur limite la vitesse de circulation du courant électrique, plus sa résistance augmente.
L'unité légale de la résistance est l'**ohm**, noté par la lettre grecque oméga, Ω.
La résistance dépend du matériau utilisé et de ses dimensions. La résistance d'un matériau augmente lorsque sa longueur augmente mais diminue lorsque son épaisseur augmente.

Qu'est-ce qu'un résistor ou résistance ?

Un résistor, que l'on appelle plus communément « résistance », est un dipôle électrique dont le rôle est de limiter la valeur du courant électrique dans un circuit. Il permet notamment de limiter l'intensité dans un circuit ou un endroit d'un circuit pour protéger un dipôle comme les diodes ou les LED.
C'est un dipôle qui a une valeur de résistance bien précise. Le schéma normalisé d'un résistor est : 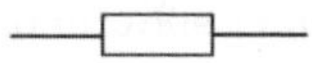

Effet de la résistance

Plus la résistance d'un conducteur augmente, plus il convertira de l'énergie électrique en énergie thermique. Cet effet se nomme l'**effet joule**.
L'effet joule est un avantage, comme pour les appareils de chauffage ou les fours ou un inconvénient dans certains appareils électriques (ordinateur).

Mesure de la résistance

La valeur de la résistance d'un matériau, d'un conducteur ou d'une résistance se mesure à l'aide d'un **ohmmètre**, de symbole ci-contre :

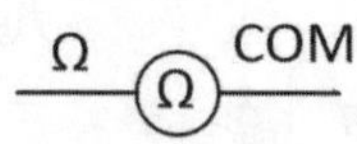

Pour mesurer la valeur de résistance avec un ohmmètre, il suffit de brancher les deux bornes de l'ohmmètre directement aux bornes du dipôle ou aux extrémités du matériau testé.

TOP CHRONO
C'est l'interro !

Exercice 43.1 (9 pts) *10 min*

1. Quelle est la différence entre un conducteur et un isolant ?
2. Qu'est-ce que la résistance ?
3. Quelle est l'unité légale de la résistance ?
4. Quel est l'effet de la résistance d'un conducteur ?
5. Quel est l'appareil permettant de mesurer la résistance d'un dipôle ?

Exercice 43.2 (10 pts) *7 min*

Soit trois résistors R_1, R_2 et R_3, de valeurs respectives 68 Ω, 0,3 kΩ et 150 Ω. On mesure l'intensité d'un circuit en série contenant un générateur de 6 V, une lampe et avec chacun des résistors. On trouve les valeurs suivantes : 0,04 A, 0,088 A et 0,02 A.

1. Convertir la valeur de la résistance du résistor R_2 en ohm.
2. Quel est le résistor le plus conducteur ?
3. Quelle est l'influence de la résistance d'un résistor sur la valeur courant électrique ?
4. Convertir la valeur des intensités en milliampère.
5. Attribuer à chaque résistor la valeur du courant électrique mesurée.

Exercice 43.3 (15 pts) *12 min*

résistance	*Ra*	*Rb*	*Rc*	*Rd*
épaisseur (mm)	1,38	0,79	1,52	
longueur (cm)	10	30		20
température en fonctionnement (°C)		31,5	25,7	29,3

1. Comment évolue la valeur du résistor en fonction de son épaisseur ?
2. Classer les différents résistors par valeur croissante d'après la valeur de leur diamètre.
3. Comment évolue la valeur du résistor en fonction de sa longueur ?
4. Classer les différents résistors par valeur croissante d'après la valeur de leur épaisseur.
5. Comment évolue la valeur du résistor en fonction de sa température en fonctionnement ?
6. Classer les différents résistors par valeur croissante d'après la valeur de leur température en fonctionnement.
7. Avec les questions, effectuer le classement des quatre résistances par valeur croissante, puis à chaque résistor sa valeur parmi les suivantes : 33 Ω, 68 Ω, 100 Ω, 150 Ω.

44

QU'EST-CE QUE LA LOI D'OHM ?

Ce que je sais déjà

Je sais ce que représente une résistance, la tension électrique et l'intensité du courant électrique, ainsi que leur unité légale et comment les mesurer. Je connais la notion de proportionnalité.

Qu'est-ce que la loi d'Ohm ?

La tension aux bornes d'un résistor est proportionnelle à l'intensité du courant électrique qui le traverse. Le coefficient de proportionnalité est la valeur de la résistance du résistor.

La loi d'Ohm est la relation mathématique reliant la tension U, la résistance R et l'intensité I du courant électrique est :

$$U = R \times I$$

En utilisant les unités légales, la tension U est en volt (V), la résistance R est en ohm (Ω) et l'intensité I est en ampère (A).

Qu'est-ce que la caractéristique d'un dipôle ?

La caractéristique d'un dipôle est le graphique de la tension aux bornes du dipôle en fonction de l'intensité qui le traverse.

Un dipôle, dont la caractéristique est une **droite passant par l'origine** ou qui vérifie la loi d'ohm, est appelé **conducteur ohmique**.

Un résistor est un conducteur ohmique dont la résistance correspond au coefficient de proportionnalité, de valeur R, de la caractéristique du résistor.

Montage permettant de tracer la caractéristique d'un résistor.

Le montage électrique permettant de réaliser les mesures pour tracer la caractéristique d'une résistance est :

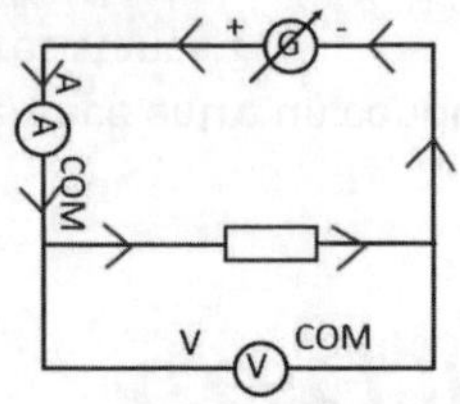

TOP CHRONO
C'est l'interro !

Exercice 44.1 (6 pts) *8 min*

1. Qu'est-ce que la loi d'Ohm ?
2. Qu'est-ce que la caractéristique d'un dipôle ?
3. Qu'est-ce qu'un conducteur ohmique ?

Exercice 44.2 (8 pts) *7 min*

L'intensité du courant électrique traversant un résistor de 120 Ω est de 75 mA.

1. Convertir la valeur de l'intensité en ampère.
2. Rappeler la relation mathématique vérifiée par la loi d'Ohm.
3. Calculer la tension aux bornes du résistor.
4. Calculer l'intensité traversant le résistor pour une tension de 30 V.

Exercice 44.3 (13 pts) *15 min*

Voici la caractéristique d'un dipôle :

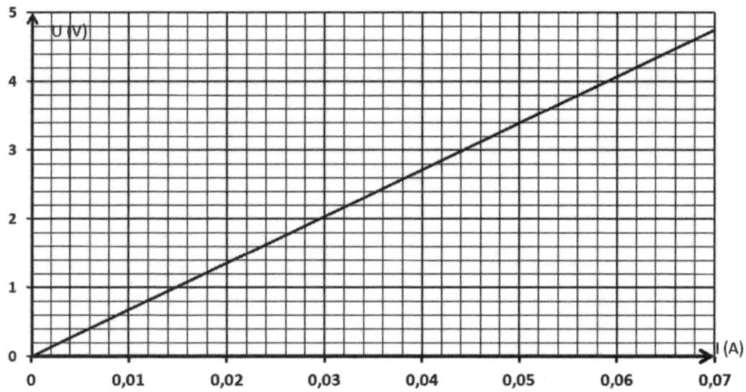

1. Dessiner le schéma du circuit électrique ayant permis de réaliser les mesures du graphique.
2. D'après le graphique, le dipôle est-il un conducteur ohmique ?
3. Déterminer graphiquement la tension pour une intensité de 0,02 A.
4. Déterminer graphiquement l'intensité pour une tension de 3 V.
5. Calculer la valeur de la résistance du dipôle et arrondir le résultat au dixième.

DES SIGNAUX POUR OBSERVER ET COMMUNIQUER

45 QU'EST-CE QU'UNE ONDE ?

Qu'est-ce qu'une onde ?

Une onde est la propagation (déplacement) de proche en proche d'un signal et qui est accompagnée d'un transfert d'énergie. Ce signal est obtenu par une modification d'une propriété de son environnement :
- soit par une compression (resserrement) ou d'une dilatation (étirement) du **milieu de propagation** qui est la matière servant au déplacement de l'onde ;
- soit par modification des propriétés électriques et magnétiques autour du point de l'espace où se trouve l'onde. Ces modifications, d'une certaine manière, « créent » un support et « vibrent » en changeant de valeur, puis reviennent à leur valeur de départ.

On peut modéliser une onde par des objets serrés qui poussent leurs voisins pour avoir de la place et ainsi de suite. Comme une vague, où l'eau compressée se soulève (le haut de la vague) avant de pousser l'eau à côté, qui va se soulever à son tour. Après le passage d'une onde, la matière reprend sa place car ce n'est pas la matière qui se déplace mais l'onde.

Quels sont les différents types d'ondes ?

Il existe deux types d'ondes :
- les **ondes mécaniques**, qui sont des ondes ayant besoin d'un milieu propagation pour se déplacer ;
- les **ondes électromagnétiques**, qui sont des ondes ne nécessitant pas d'un milieu de propagation et donc peuvent se déplacer dans le vide.

Quelle est la forme d'une onde ?

Les ondes sonores et électromagnétiques ont souvent la particularité d'avoir leur perturbation qui va se répéter à intervalle de temps constant. Elles sont alors appelées **ondes périodiques** et possèdent un motif qui se répète régulièrement que l'on appelle **motif élémentaire**.

Exemple

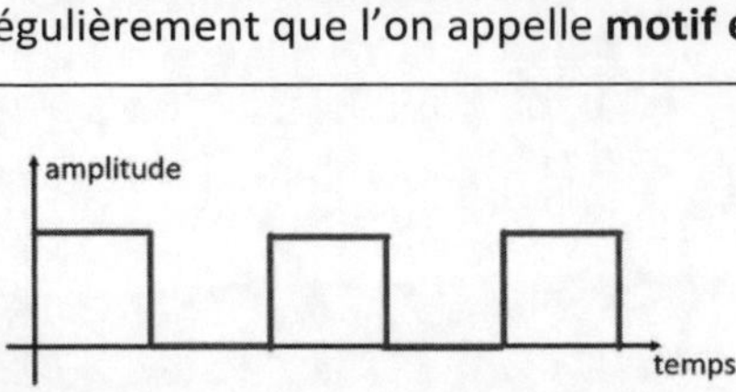

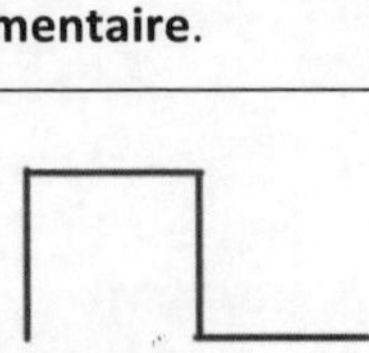

Motif élémentaire

TOP CHRONO
C'est l'interro !

Exercice 45.1 (8 pts) *8 min*

1. Qu'est-ce qu'une onde ?
2. Qu'est-ce que le milieu de propagation ?
3. Quels sont les deux types d'onde ?
4. Qu'est-ce qu'une onde périodique ?

Exercice 45.2 (4 pts) *35 min*

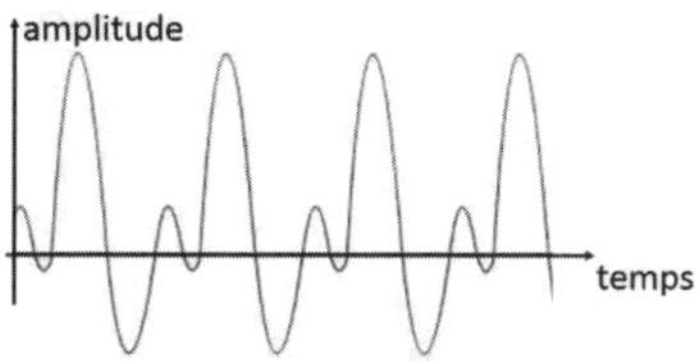

Signal 1

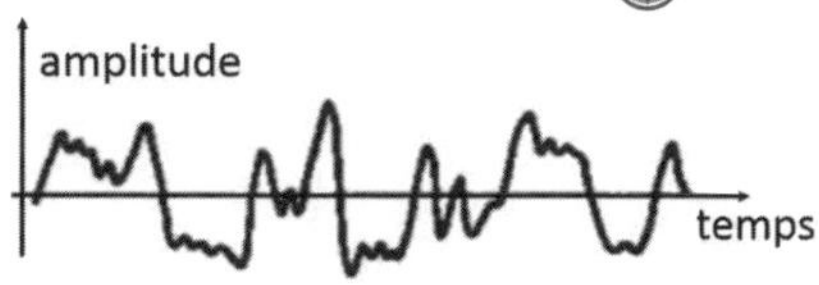

Signal 2

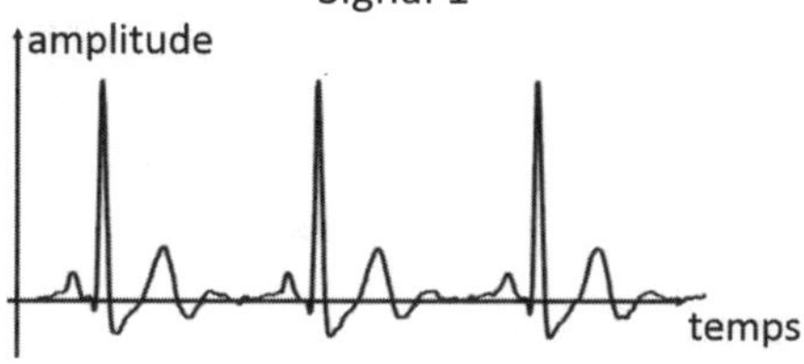

Signal 3

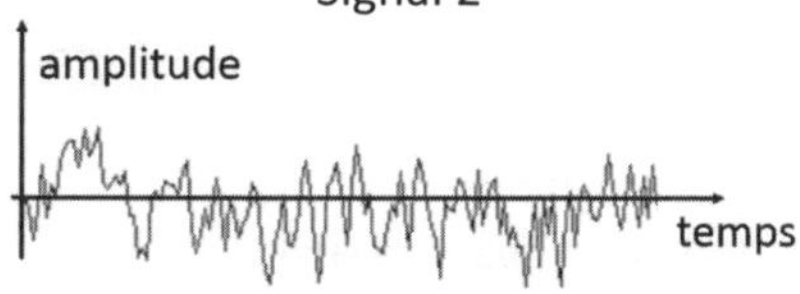

Signal 4

Quels sont les signaux périodiques et ceux qui sont non périodiques ?

Exercice 45.3 (6 pts) *8 min*

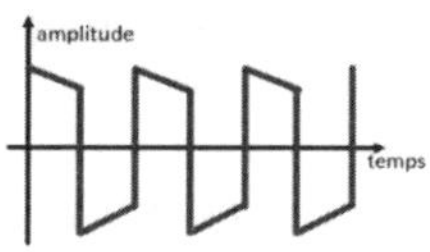

Signal 1

Signal 2

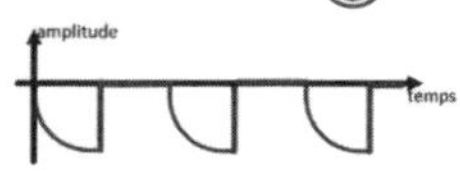

Signal 3

Trouver et dessiner le motif élémentaire des différents signaux périodiques.

46 QUELLES SONT LES CARACTÉRISTIQUES D'UNE ONDE ?

Comment caractériser une onde ?

Pour caractériser une onde, il faut connaître :
- la vitesse de propagation ;
- la fréquence.

Qu'est-ce que la période ?

La période, notée T, est la durée d'un motif élémentaire. C'est le temps qui s'écoule jusqu'à ce que le signal reprenne la même valeur, en variant dans le même sens.
L'unité légale de la période est la seconde (s).

Exemple

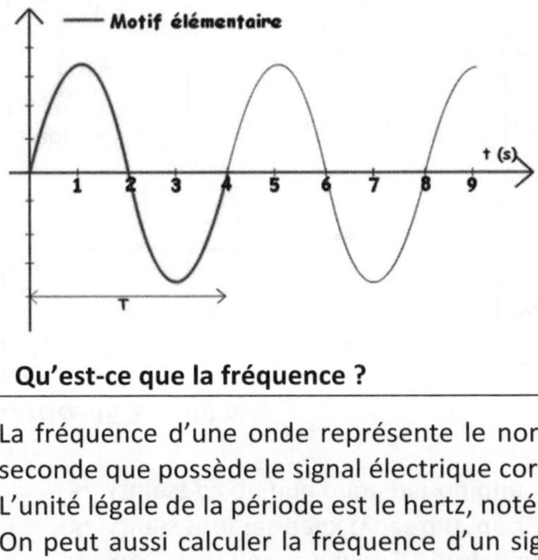

Dans ce signal, on trouve une période est 4 secondes.

Qu'est-ce que la fréquence ?

La fréquence d'une onde représente le nombre de motif élémentaire par seconde que possède le signal électrique correspondant.
L'unité légale de la période est le hertz, noté Hz.
On peut aussi calculer la fréquence d'un signal en utilisant la relation mathématique : $f = \frac{1}{T}$. Si on veut obtenir la fréquence en hertz (Hz), la période T doit être en seconde(s).

Dans l'exemple précédent, la fréquence du signal est :

$$f = \frac{1}{4} \text{ donc } f = 0{,}25 \text{ Hz}$$

TOP CHRONO
C'est l'interro !

Exercice 46.1 (8 pts) *7 min*

1. Comment caractériser une onde ?
2. Qu'est-ce que la période d'une onde ?
3. Qu'est-ce que la fréquence d'une onde ?
4. Quelle est l'unité légale de la fréquence ?
5. Donner la relation mathématique permettant de calculer la fréquence d'une onde.

Exercice 46.2 (4 pts) *3 min*

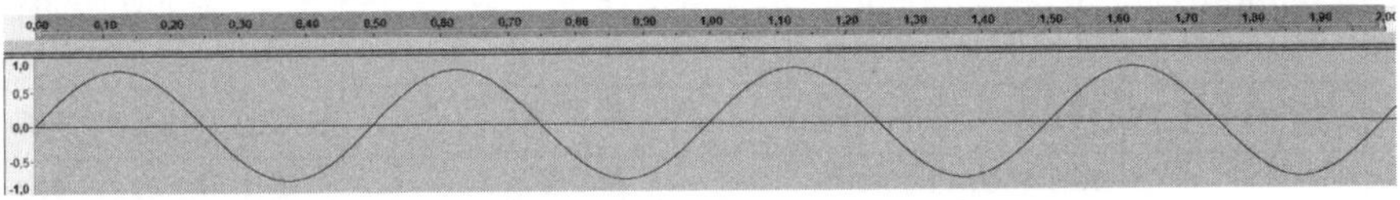

L'onde représentée ci-dessus a une durée de 2 s.

1. Déterminer graphiquement la période du signal.
2. Déterminer graphiquement la fréquence du signal représenté ci-dessus.

Exercice 46.3 (7 pts) *6 min*

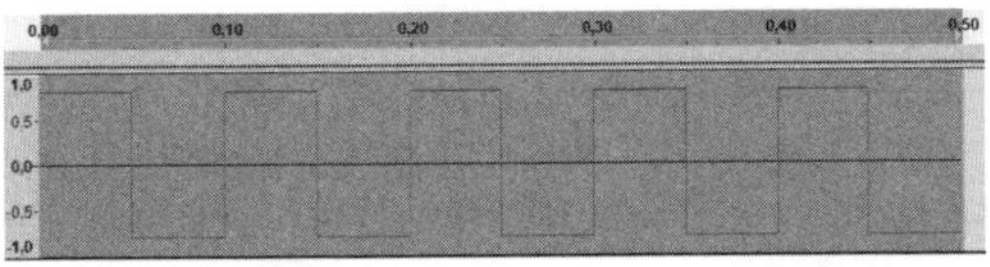

L'onde ci-dessus a une durée de 0,5 s.

1. Déterminer graphiquement la période du signal.
2. Rappeler la relation mathématique permettant de calculer la fréquence d'une onde.
3. Calculer de la fréquence du signal représenté ci-dessus.

Exercice 46.4 (4 pts) *3 min*

Une onde a une fréquence de 250 Hz.

Déterminer la période de cette onde et donner le résultat en notation scientifique.

47 QUELS SONT LES DIFFÉRENTS TYPES DE RAYONNEMENT ?

Qu'est-ce qu'un rayonnement ?

Un rayonnement ou radiation désigne la manière d'émission et de propagation d'énergie d'un signal. Comme il existe plusieurs manières de créer une onde, on va distinguer différents types de rayonnement, notamment :

- les rayonnements acoustiques ou sonores, issus d'une vibration mécanique ;
- les rayonnements électromagnétiques, issus des variations des propriétés électromagnétiques.

Quels sont les différents rayonnements électromagnétiques ?

Chaque rayonnement va être caractérisé par une bande de fréquence mais tous se propageront, dans le vide et l'air, à la vitesse de la lumière c'est-à-dire à la vitesse de 3×10^8 m/s.

Rayonnement	Fréquence (Hz)	Utilisation
Basse fréquence	0 à 10^4	Réseau électrique
Onde radio	de 10^4 à 3×10^8	Télévision, radio FM et AM,
Micro-ondes	3×10^8 à 3×10^{11}	Téléphonie, WIFI, Bluetooth, induction, radar, micro-ondes, télévisions satellites
Infrarouge	3×10^{11} à 4×10^{14}	Chauffage, détection
Domaine visible	4×10^{14} à $7{,}7\times10^{14}$	Fibroscopie
Ultraviolets	$7{,}5\times10^{14}$ à $1{,}5\times10^{16}$	Imagerie médicale, bronzage
Rayons X	$1{,}5\times10^{16}$ à 3×10^{20}	Radiographie, radiothérapie, scanner
Rayons gamma (γ)	3×10^{20} à 3×10^{22}	Radioactivité
Cosmique	de 3×10^{22}	

TOP CHRONO
C'est l'interro !

Exercice 47.1 (7 pts) *10 min*

1. Qu'est-ce qu'un rayonnement ?
2. Quels sont les deux types de rayonnement ?
3. Comment va être caractérisé un rayonnement ?
4. Citer deux exemples de rayonnement électromagnétiques.

Exercice 47.2 (10 pts) *7 min*

Objet	fréquence
1	104 MHz
2	3,25 THz
3	1,8 GHz
5	600 000 000 000 000 Hz

1. Convertir et écrire en notation scientifique, les fréquences de chacun des objets.
2. À l'aide du tableau de la partie cours, attribue pour chacun des objets, son type de rayonnement électromagnétique.
3. Identifier à quel objet il correspond dans la liste suivante : une lampe, un téléphone portable, une radio FM et une télécommande.

Exercice 47.3 (11 pts) *10 min*

Deux téléphones portables, éloignés de 3 000 km, communiquent entre eux en utilisant différentes antennes relais distantes de 8 000 km.

1. Quel type de rayonnements électromagnétiques, les téléphones portables utilisent-ils ?
2. Rappeler la vitesse de propagation d'une onde électromagnétique.
3. Donner la relation mathématique permettant de calculer une vitesse.
4. Calculer la durée de propagation de l'onde entre les deux téléphones.
5. Que peut-on déduire du résultat obtenu à la question précédente ?

48 QU'EST-CE QUE LA LUMIÈRE ?

Qu'est-ce que la lumière ?

La lumière fait partie des ondes électromagnétiques dans le rayonnement du domaine visible. La lumière, qui vient des étoiles, peut être décomposée à l'aide d'un spectroscope ou d'un prisme. On obtient alors un ensemble de lumières colorées allant du rouge au violet. Cette décomposition de la lumière est appelée un spectre.

Quelle est la différence entre une source primaire et un objet diffusant ?

Une **source primaire** de lumière est un objet qui **produit** la lumière qu'il envoie, par exemple une lampe, les étoiles.
Un **objet diffusant** est un objet ne produisant pas de lumière mais qui **réfléchit** (renvoie) une partie de la lumière qu'il reçoit dans toutes les directions.

Comment se déplace la lumière ?

La lumière se propage (se déplace) en ligne droite. Comme la lumière n'est pas visible, on la modélise par des rayons lumineux, représentés par des droites fléchées et orientées dans le sens de propagation de la lumière.
Pour voir un objet, il faut que l'objet reçoive de la lumière d'une source primaire et que nos yeux reçoivent la lumière qui est réfléchie par l'objet.

Exemple

Dans cette situation, l'œil verra l'homme B, car un rayon lumineux arrive jusqu'à lui. L'homme A ne reçoit pas de lumière de la lampe donc ne peut pas être vu. L'homme C, reçoit de la lumière mais aucun rayon lumineux ne parvient jusqu'à l'œil.

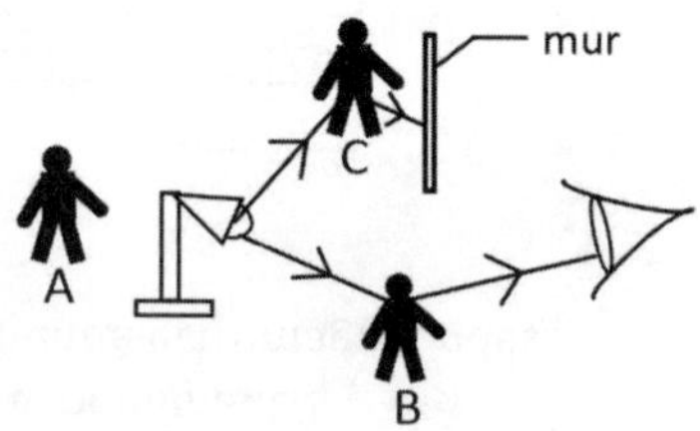

Quelle est la vitesse de la lumière ?

La vitesse de la lumière varie suivant le **milieu de propagation**.

Dans le vide ou dans l'air, la vitesse de la lumière est de 3×10^8 m/s mais dans les solides ou les liquides transparents, la vitesse de la lumière diminue. Par exemple dans l'eau, elle est de $2{,}25\times10^8$ m/s .

TOP CHRONO
C'est l'interro !

Exercice 48.1 (10 pts) *10 min*

1. Qu'est-ce que la lumière ?
2. Qu'est-ce qu'une source primaire ?
3. Qu'est-ce qu'un objet diffusant ?
4. Comment se propage la lumière ?
5. Quelle est la valeur de la vitesse de la lumière dans l'air ?

Exercice 48.2 (8 pts) *7 min*

Voici une liste de différents objets : Lune, étoile, satellite artificiel, Ver luisant, lampadaire, pomme, Mars, bougie, feu de cheminée, arbre.

Faire un tableau de deux colonnes, contenant les sources primaires dans la première colonne et les objets diffusants dans la deuxième.

Exercice 48.3 (15 pts) *12 min*

1. Quelle est la condition pour qu'un objet soit vu ?
2. Reproduire le dessin ci-dessus et modéliser les différents rayons lumineux permettant de déterminer les objets qui seront vus par l'œil.
3. Quels sont les objets qui vont pouvoir être vus par l'œil ?

49 QU'EST-CE QU'UN SON ?

Qu'est-ce que le son ?

Le son ou onde sonore est une onde mécanique, obtenue par la création d'une vibration comme pour la corde d'une guitare.
Un son, pour être visualisé et analysé, doit être converti en signal électrique par un microphone et ainsi, il peut être caractérisé par sa fréquence.
Contrairement à la lumière, le son ne se propage pas dans le vide, il a besoin d'un milieu de propagation, c'est-à-dire de la matière (gaz, liquide ou solide).

Qu'est-ce qu'un son pur ?

Un **son pur** ou simple correspond à un signal dont la **fréquence** et **l'amplitude** sont constantes au cours du temps. Comme un la_3, réalisé par un diapason, qui a une fréquence de 440 Hz. Un son composé d'un mélange de plusieurs sons purs, est appelé un **son complexe**. Un bruit, lui, n'a pas de motif élémentaire donc pas de fréquence caractéristique.

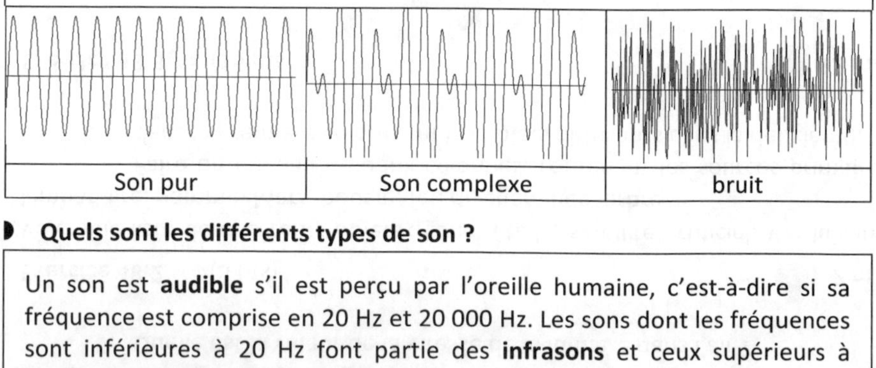

Son pur	Son complexe	bruit

Quels sont les différents types de son ?

Un son est **audible** s'il est perçu par l'oreille humaine, c'est-à-dire si sa fréquence est comprise en 20 Hz et 20 000 Hz. Les sons dont les fréquences sont inférieures à 20 Hz font partie des **infrasons** et ceux supérieurs à 20 000 Hz sont qualifiés d'**ultrasons**.

Comment émettre et percevoir un son ?

Pour émettre un son, il faut faire vibrer un objet, l'émetteur, ce qui entraînera une variation très rapide de la pression de l'air, que l'on appelle la vibration.
Captée par notre oreille, les vibrations mettront en mouvement le tympan, puis notre oreille transmettra ensuite au cerveau un signal que nous interprétons comme étant un son.

TOP CHRONO
C'est l'interro !

Exercice 49.1 (11 pts) *10 min*

1. Quel type d'onde est une onde sonore ?
2. Comment obtient-on un son ?
3. Qu'est-ce qu'un son pur ?
4. Quel est l'intervalle des fréquences des sons audibles ?
5. Qu'est-ce qu'un ultrason ?

Exercice 49.2 (10 pts) *7 min*

Une souris émet un cri d'alerte d'une fréquence de 40 000 Hz, alors qu'un éléphant peut communiquer à une fréquence de 15 Hz à très longue distance.

champ auditif de certains animaux

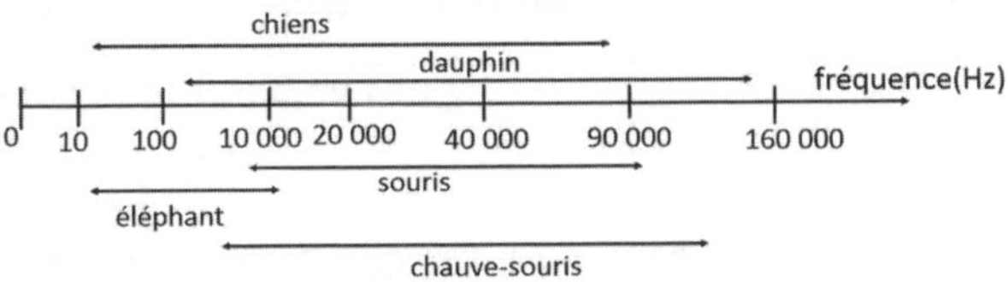

1. Quel est l'intervalle des fréquences perçues par un humain ?
2. Quel est l'intervalle des fréquences perçues par les éléphants et à quel type d'onde sonore correspond-elle ?
3. Quel est l'intervalle des fréquences perçues par les chauves-souris et à quel type d'onde sonore correspond-elle ?
4. Qui pourra entendre le cri d'alerte des souris ?
5. Qui pourra entendre le cri d'alerte des éléphants ?

Exercice 49.3 (7 pts) *8 min*

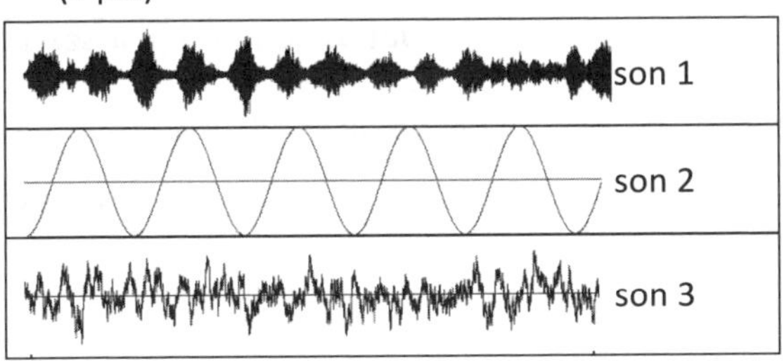

1. Quelle est la différence entre un son pur et un son complexe ?
2. Qu'est-ce qu'un bruit ?
3. Identifier chacun des sons visualisés ci-dessus.

50 QUELLES SONT LES CARACTÉRISTIQUES D'UN SON ?

Ce que je sais déjà

Je sais définir une onde et un son et je connais les caractéristiques des ondes.

Quelle est la vitesse d'une onde sonore ?

La vitesse d'un son dépend du milieu de propagation dans lequel il se déplace mais pas de sa fréquence ni de son niveau sonore.
Dans l'air sa vitesse est 340 m/s alors que dans l'eau est de 1 500 m/s et dans le verre 5 300 m/s.

Quelle est la hauteur d'un son ?

La **hauteur** d'un son, caractérise si le son est aigu ou grave. Plus un son possédera une fréquence élevée, plus il sera aigu. Entre 20 Hz et 200 Hz, il est grave, entre 200 Hz et 2 000 Hz, il est médium et entre 2 000 Hz et 20 000 Hz, il est aigu.

Qu'est-ce que l'intensité d'un son ?

L'**intensité sonore** ou **intensité acoustique** dépend de l'amplitude de la vibration sonore perçue et correspond à la force avec laquelle les molécules d'air frapperont le tympan de l'oreille.
Plus l'amplitude est importante, plus le son est fort et plus l'amplitude est faible, plus le son est faible.
L'unité que l'on utilise pour mesurer l'intensité d'un son est le décibel (dB).

Quels sont les dangers d'un son ?

S'il existe un seuil en dessous duquel l'oreille n'est pas capable de percevoir un son, à l'inverse, dès que le niveau sonore augmente, la sensation devient vite gênante puis fatigante, voire dangereuse. À ce niveau, la durée d'exposition joue un rôle sur les effets du bruit supporté : une exposition trop longue à des sons de niveau sonore trop élevé peut entraîner des lésions plus ou moins graves, voire irréversibles au niveau du système auditif. À partir de 85 dB, le son peut provoquer des troubles auditifs.

TOP CHRONO
C'est l'interro !

Exercice 50.1 (10 pts) *8 min*

1. Quelle est la vitesse d'un son ?
2. Donner la valeur de la vitesse du son dans l'eau.
3. Quelle est la différence entre un son aigu et grave ?
4. Qu'est-ce que l'intensité d'un son ?

Exercice 50.2 (14 pts) *15 min*

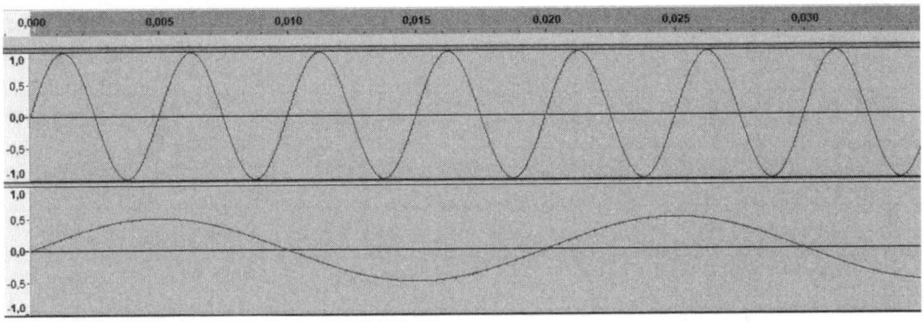

1. Pour le premier son, combien de période peut-on compter en 0,02 s ?
2. Déduire la période de premier son.
3. Calculer la fréquence du premier son.
4. Déterminer graphiquement la période du deuxième son.
5. Calculer la fréquence du deuxième son.
6. Quel son est-il le plus aigu et lequel a le plus d'intensité sonore ?

Exercice 50.3 (8 pts) *10 min*

Une tronçonneuse a un niveau sonore jusqu'à 115 dB. Chaque fois que l'on double la distance avec la source, cela diminue le niveau de 6 dB. Un bouchon d'oreille atténue le niveau de 25 dB et un casque atténue de 35 dB.

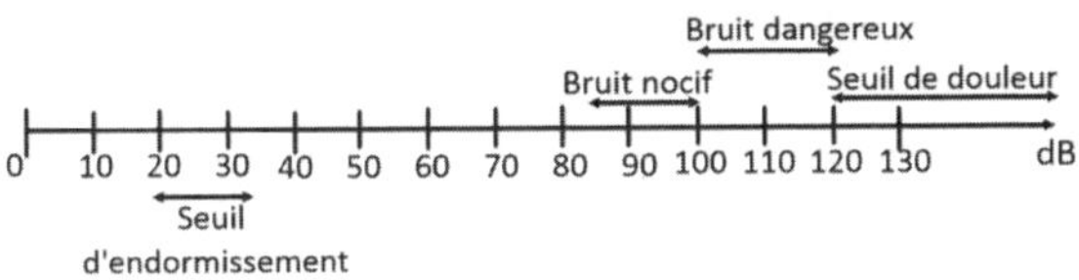

1. Faut-il se protéger lorsque l'on utilise une tronçonneuse ?
2. Quelle protection faut-il employer pour être en dessous du seuil de 85 dB ?
3. Une personne se trouvant à 2 m, peut-elle s'endormir avec des bouchons d'oreilles ?
4. À quelle distance cette personne devra-t-elle s'éloigner pour s'endormir ?

51 COMMENT MESURER DES DISTANCES AVEC LE SON ET LA LUMIÈRE ?

Comment faire des mesures avec la lumière ou le son ?

Les signaux lumineux et acoustiques se propagent en ligne droite. C'est cette propriété qui va être utilisée pour faire des mesures de distance. En effet, ces deux ondes vont se propager et se réfléchir sur les objets pour revenir à leur point de départ. Pour les ondes sonores ce phénomène s'appelle l'écho.

On va utiliser des appareils (sonar, laser) qui vont envoyer une onde et on va mesurer le temps de propagation entre l'émission et la réception après réflexion sur un objet.

Influence du milieu de propagation sur la vitesse

Suivant le milieu de propagation, les vitesses des ondes électromagnétiques et sonores changent :

Milieu de propagation	Vitesse du son m/s	Vitesse de la lumière m/s
Vide		3×10^8
Air	340	3×10^8
Eau liquide	1 500	$2,25\times10^8$
Verre	5 300	$1,97\times10^8$

Calcul de la distance

D'après l'image on voit que l'onde parcourt deux fois la distance *d* pendant le *t*. En utilisant la relation mathématique pour calculer la vitesse :

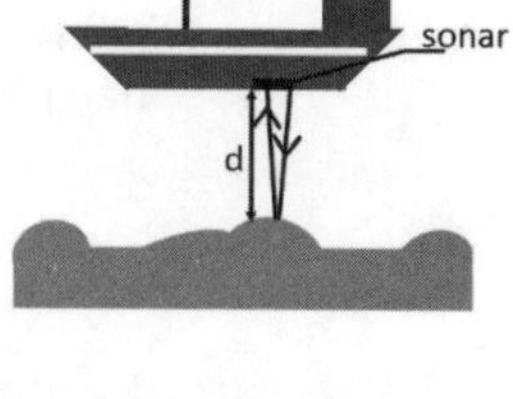

$$v = \frac{2\times d}{t}$$

donc $v\times t = 2\times d$

et donc : $$d = \frac{v\times t}{2}$$

Si on utilise la lumière, le calcul sera identique.

TOP CHRONO
C'est l'interro !

Exercice 51.1 (6 pts) *6 min*

1. Quelle propriété est utilisée pour mesurer des distances avec un signal ?
2. Comment s'appelle, pour les ondes sonores, le phénomène qui fait qu'une onde est réfléchie sur les objets ?
3. Quelle est la vitesse du son dans le vide ?
4. Quelle relation mathématique utilise-t-on pour calculer une distance ?

Exercice 51.2 (12 pts) *10 min*

Cinq rétro-réflecteurs lunaires (miroirs) ont été positionnés sur la Lune par les différentes missions américaines Apollo, afin de pouvoir mesurer avec précision la distance Terre-Lune. Un rayon LASER est alors envoyé vers la Lune sur un rétro-réflecteurs. On mesure avec un chronomètre le temps que met la lumière pour parcourir l'aller puis le retour de la distance Terre-Lune. Le chronomètre affiche alors t = 2,56 s.

1. Réaliser un dessin, en faisant apparaître les rayons lumineux.
2. Quelle est la vitesse de la lumière dans le vide ?
3. Donner la relation mathématique permettant de calculer une vitesse.
4. Déterminer la distance Terre-Lune.

Exercice 51.3 (10 pts) *10 min*

Les bateaux de pêche et les chauves-souris utilisent tous les deux, les ultrasons pour repérer des objets. Un bateau de pêche, utilisant un sonar, repère un banc de poissons et mesure un temps de propagation de 6 ms entre l'émission et la réception du signal.

Milieu de propagation	Vitesse du son en m/s
Air	340
Verre	5 300
Eau liquide	1 500

1. Quelle est la vitesse des ondes ultrasonores dans l'eau ?
2. Convertir le temps de propagation en seconde.
3. Déterminer la profondeur du banc de poissons.
4. À quelle distance serait un papillon d'une chauve-souris pour le même temps de propagation ?

52 COMMENT UTILISER UNE ONDE POUR TRANSMETTRE UNE INFORMATION ?

Les ondes pour transmettre des informations

Les signaux lumineux et acoustiques peuvent permettre la transmission d'une information à distance d'un émetteur vers un récepteur. Suivant la **variation de fréquence** et la **variation d'intensité**, un signal sonore peut contenir différentes informations. Ainsi une sirène permet d'informer sur évènement survenu ou à venir (alerte incendie, alerte intrusion, tsunami, risque nucléaire). De même les signaux lumineux, suivant la **variation de couleur** et la **séquence lumineuse** (clignotement) permettent de renseigner d'un danger (phare maritime) et d'alerter (feu de signalisation).
La lumière provenant des étoiles permet après analyse du spectre de la lumière reçue de fournir des informations sur la composition chimique de l'étoile.

La chaîne de transmission

Dans toute chaîne de transmission, il faut obligatoirement un **émetteur** et un **récepteur**. Comme la transmission d'une onde sonore ne peut pas se faire sur une longue distance et de manière très rapide, contrairement aux ondes électromagnétiques, on va transformer le signal sous la forme d'un signal électrique. Pour cela l'information a besoin d'être **codée** en utilisant un **codage binaire**, c'est-à-dire une suite de 1 et de 0.
Un signal lumineux n'a pas toujours besoin d'être codé, il suffit de réaliser une succession de clignotement très rapide pour qu'il soit indétectable à l'œil nu. Ensuite, l'information a besoin d'être **transportée**, diffusée, sans perte d'information. Actuellement beaucoup d'informations sont transportées à l'aide de fibres optiques (gaine contenant du verre), ce qui permet de transporter la lumière sur de très longues distances ou alors en utilisant les ondes radio. Et enfin après réception, l'information va être décodée avant d'être visualisée ou écoutée.

Exemple de chaîne de transmission d'information

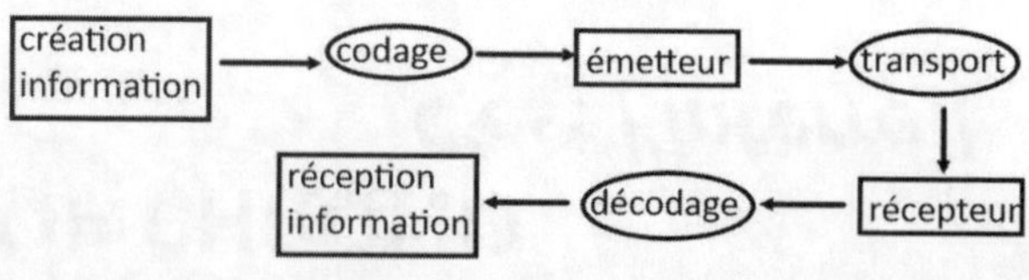

TOP CHRONO
C'est l'interro !

Exercice 52.1 (8 pts) *10 min*

1. Comment un signal sonore peut-il transmettre des informations différentes ?
2. Que contient obligatoirement une chaîne de transmission ?
3. Dans quel type de signal est transformé un signal sonore pour être transporté très loin ?
4. Quel type de codage est utilisé avant de transmettre une information ?
5. Quel est l'avantage d'une fibre optique ?

Exercice 52.2 (5 pts) *4 min*

Les téléphones portables permettent de communiquer entre deux personnes.

À l'aide des mots suivants, reconstituer la chaîne de transmission d'information entre les deux téléphones : antenne réceptrice, haut parleur, microphone, codeur électrique, décodeur électrique, antenne émettrice, transport onde radio.

Exercice 52.3 (9 pts) *10 min*

L'alphabet morse est un codage permettant de transmettre un texte à l'aide de séries d'impulsions courtes et longues, qu'elles soient produites par des signes, une lumière, un son ou un geste.

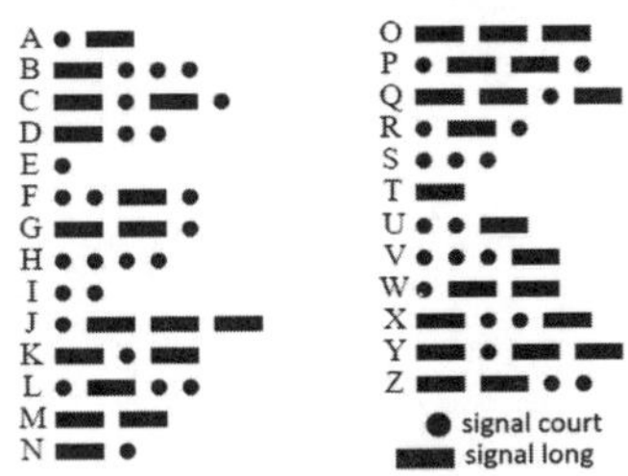

1. Coder « bonjour » avec l'alphabet morse.
2. Citer un émetteur et un récepteur lors de l'utilisation du morse avec un signal lumineux.
3. Trouver un inconvénient à l'utilisation du signal lumineux comme transmission de l'information du morse.
4. Citer un émetteur et un récepteur lors de l'utilisation du morse avec un signal sonore.
5. Trouver un inconvénient à l'utilisation du signal sonore comme transmission de l'information du morse.

CORRIGÉS

1 QUELLES SONT LES RÈGLES POUR RÉALISER UN DESSIN ?

Exercice 1.1

1. Un modèle est la représentation sous la forme d'un dessin, d'une maquette, d'un croquis, d'un phénomène physique que l'on ne peut pas observer parce qu'il est trop grand ou trop petit.

2. Pour réaliser correctement un dessin, il faut :
- utiliser un crayon de papier bien taillé ;
- utiliser au maximum, la règle ;
- faire un dessin propre, sans taches, ni ratures ;
- faire apparaître une légende complète située à droite en traçant un trait à la règle ;
- utiliser des crayons de couleurs si nécessaire.

3. La différence entre un dessin et un schéma est qu'un dessin est la représentation de ce que chacun observe avec plus ou moins de détail alors qu'un schéma suit une codification et des règles bien précises qu'il faut suivre obligatoirement.

Exercice 1.2

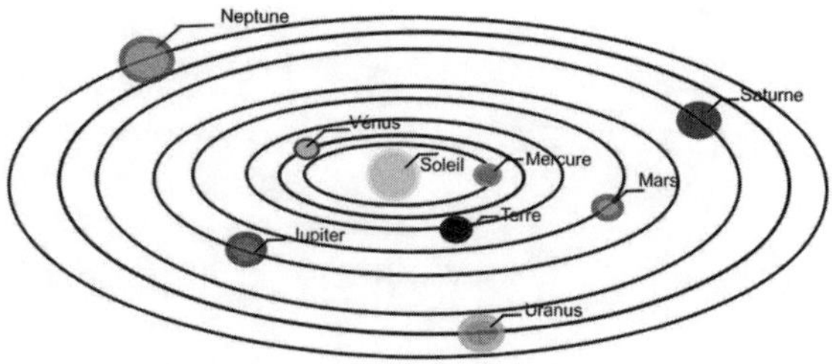

Exercice 1.3

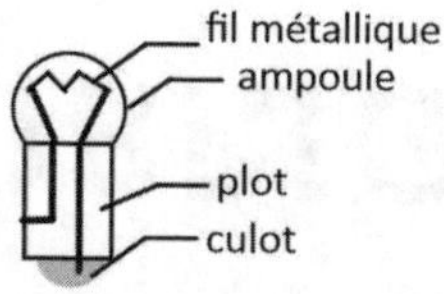

2 COMMENT RÉALISER LE DESSIN D'UNE EXPÉRIENCE DE CHIMIE ?

Exercice 2.1

1. Le volume d'essence de térébenthine est de 20 mL et le volume d'eau est de 30 mL.

2. Le dessin de l'expérience décrite dans l'énoncé est :

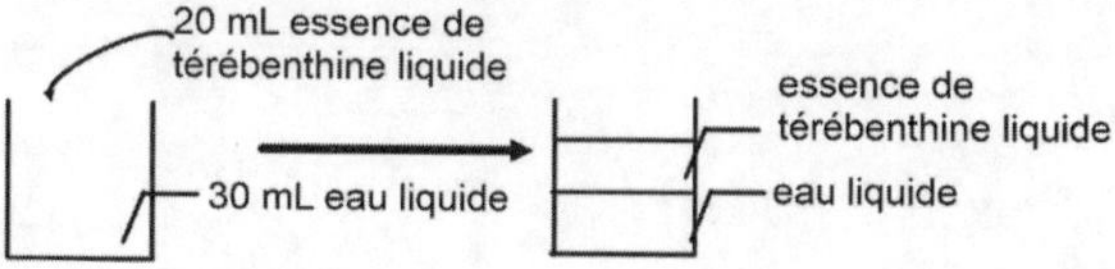

EXERCICE 2.2

1. Ce protocole expérimental comporte quatre étapes importantes.

2. Les différentes étapes de l'expérience sont :

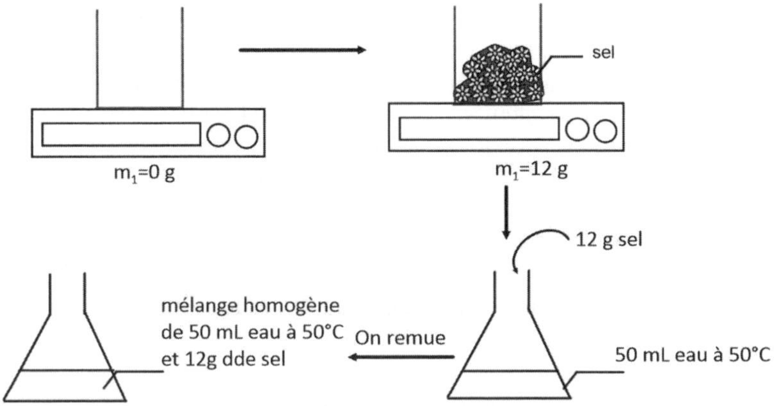

EXERCICE 2.3

1.

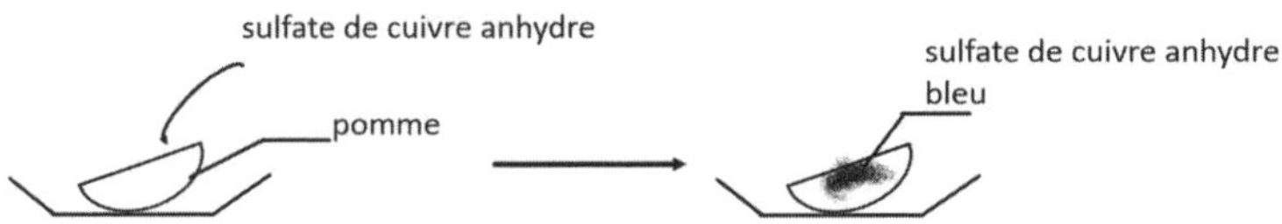

2. Comme le sulfate de cuivre anhydre devient bleu, l'élève peut interpréter que la pomme contient de l'eau

3 COMMENT RÉALISER UN SCHÉMA ÉLECTRIQUE ?

EXERCICE 3.1

Pour qu'une lampe brille, il faut qu'elle reçoive du courant électrique, donc l'interrupteur doit être fermé.

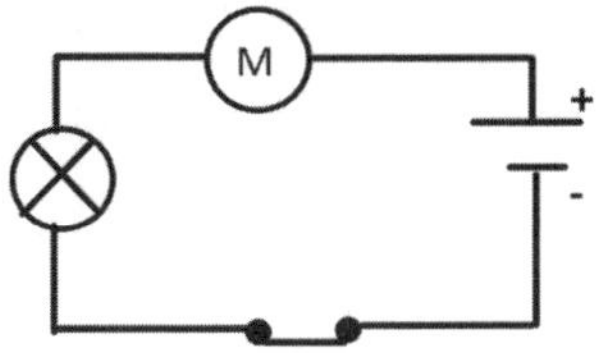

EXERCICE 3.2

Pour qu'une DEL soit passante, il faut que le courant électrique entre par le côté triangle de la DEL.

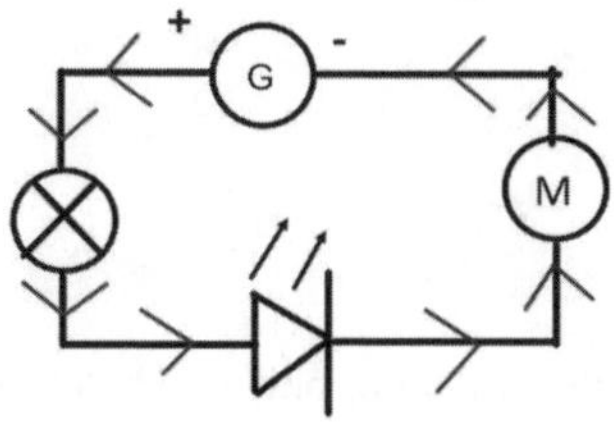

Exercice 3.3

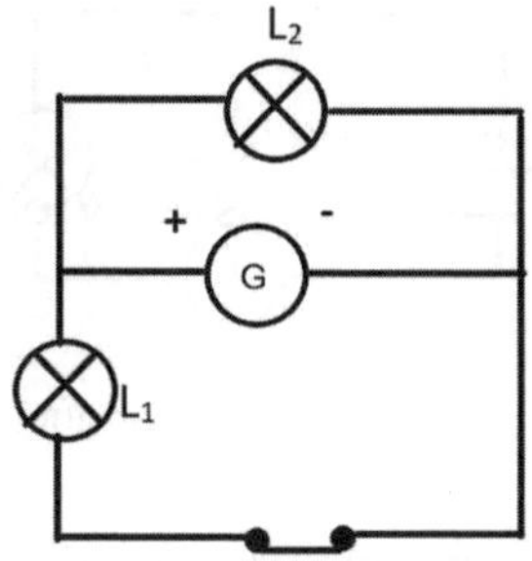

Exercice 3.4

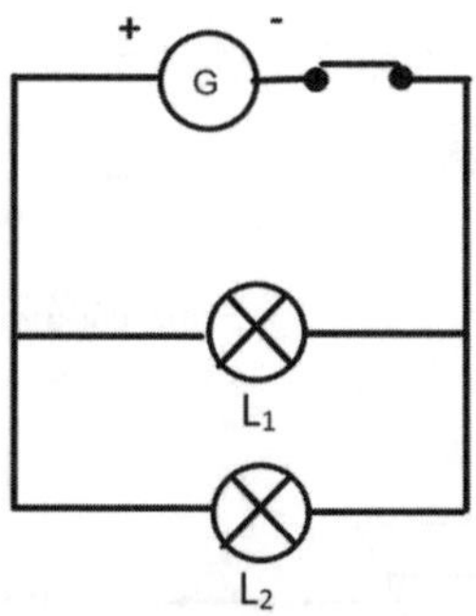

4 QUELLE EST LA DIFFÉRENCE ENTRE GRANDEUR, UNITÉ ET MESURE ?

Exercice 4.1

1. Une grandeur mesurée par une règle peut être une longueur, une largeur, ou une hauteur.
2. La grandeur caractérisant une quantité de matière est la masse.
3. La grandeur correspondant à la place d'un objet est le volume.
4. La grandeur caractérisant la valeur du courant électrique est l'intensité.
5. La grandeur mesurée par un thermomètre est la température.

Exercice 4.2

1. Quatre mille volts.
2. Trois cents mètres.
3. Mille cinq cents litres.

4. Neuf ampères.
5. Quatre-vingt-cinq degrés Celsius.

EXERCICE 4.3

1. 250 A.
2. 0,578 m.
3. 25 km/h.
4. 1 339 m^3.

5 QUELLE EST LA DIFFÉRENCE ENTRE UNE UNITÉ LÉGALE ET UNE UNITÉ USUELLE ?

EXERCICE 5.1

1. Une unité légale est une des sept unités de base ou de leurs unités dérivées servant à avoir une harmonisation et un langage commun entre tous les pays.
2. Une unité usuelle est utilisée pour des raisons pratiques car elle est plus adaptée à la mesure qui est effectuée où pour des habitudes historiques suivant les pays.
3. Lors d'un calcul, il faut utiliser les unités légales.
4. L'unité légale de la masse est le kilogramme, de symbole : kg.
5. L'unité légale d'une durée ou d'un temps est la seconde, de symbole : s.
6. L'unité légale de la tension électrique est le volt, de symbole V.

EXERCICE 5.2

1. La grandeur, dont l'unité légale est le m^2, est l'aire ou la surface.
2. La grandeur, dont l'unité usuelle est le quintal, est la masse.
3. La grandeur, dont l'unité légale est l'ohm, est la résistance électrique.
4. La grandeur, dont l'unité usuelle est le bar, est la pression.

EXERCICE 5.3

1. Le degré Celsius est-elle une unité usuelle.
2. L'unité usuelle généralement utilisée pour les mesures de volume de liquide est le litre.
3. La valeur d'un quintal en unité légale est de 100 kg.
4. Le mètre cube est une unité légale.
5. La correspondance d'un litre en unité légale est de 0,001 m^3.

6 PUISSANCE DE 10 ET NOTATION SCIENTIFIQUE

EXERCICE 6.1

1. 9 nm = 9×10^{-9} m

2. $25 \text{ kV} = 25\times10^{3}$ V

3. 5 µs = 5×10^{-6}V

4. $677 \text{ hL} = 677\times10^{2}$ L

EXERCICE 6.2

1. $4000 \text{ V}\times200 \text{ V} = 4\times10^{3}\times2\times10^{2}$

soit $4\times10^{3}\times2\times10^{2} = 4\times2\times10^{(3+2)}$

donc $4\,000 \text{ V}\times200 \text{ V} = 8\times10^{5}$ V

Corrigés

2. $0{,}15\ \text{m} \times 300\ \text{m} = 15 \times 10^{-2} \times 3 \times 10^{2}$

soit $0{,}15\ \text{m} \times 300\ \text{m} = 15 \times 3 \times 10^{-2+2}\ \text{m}$

donc $0{,}15\ \text{m} \times 300\ \text{m} = 45\ \text{m}$

3. $2\,500\ \text{mL} \div 5\,000\ \text{mL} = \left(25 \times 10^{2}\right) \div \left(5 \times 10^{3}\right)$

soit $2\,500\ \text{mL} \div 5\,000\ \text{mL} = \left(25 \div 5\right) \times 10^{2-3}\ \text{mL}$

donc $2\,500\ \text{mL} \div 5\,000\ \text{mL} = 5 \times 10\ \text{mL}$

et donc $2\,500\ \text{mL} \div 5\,000\ \text{mL} = 50\ \text{mL}$

4. $\left(3 \times 10^{4}\right)^{2}\ \text{m}^{3} = 3 \times 10^{4\times2}\ \text{m}^{3}$

Soit $\left(3 \times 10^{4}\right)^{2}\ \text{m}^{3} = 3 \times 10^{8}\ \text{m}^{3}$

Exercice 6.3

1. $2345\ \text{V} = 2{,}345 \times 10^{3}\ \text{V}$

2. $0{,}005478\ \text{m} = 5{,}478 \times 10^{-3}\ \text{m}$

3. $158{,}77\ \text{A} = 1{,}5877 \times 10^{2}\ \text{A}$

Exercice 6.4

1. $2\,345\ \text{V} = 2{,}345 \times 10^{3}\ \text{V}$

2. $0{,}00462\ \text{mV} = 4{,}62 \times 10^{-3}\ \text{mV}$

3. $975{,}8\ \mu\text{s} = 9{,}75 \times 10^{2}\ \mu\text{s}$

4. $712\,000\ \text{hL} = 7{,}12 \times 10^{5}\ \text{hL}$

7 QUELS SONT LES PRÉFIXES DES UNITÉS ?

Exercice 7.1

1. La puissance de dix correspondante au préfixe nano est 10^{-9}.

2. Le préfixe correspondant à la puissance 10^{6} est méga, de symbole M.

3. La puissance de dix correspondante au préfixe giga est 10^{9}.

4. Le préfixe correspondant à la puissance 10^{-2} est centi, de symbole : c.

5. La puissance de dix correspondante au préfixe pico est 10^{-12}.

Exercice 7.2

1. $53\ \text{hm} = 53 \times 10^{2}\ \text{m}$.

2. $75\ \text{TV} = 53 \times 10^{12}\ \text{V}$.

3. $0{,}063\ \text{M}\Omega = 0{,}063 \times 10^{6}\ \Omega$ soit $0{,}063\ \text{M}\Omega = 6{,}3 \times 10^{-2} \times 10^{6}\ \Omega$,

donc $0{,}063\ \text{M}\Omega = 6{,}3 \times 10^{4}\ \Omega$ en notation scientifique.

4. $8\,900\ \text{mL} = 8\,900 \times 10^{-3}\ \text{L}$ soit $8\,900\ \text{mL} = 8{,}9 \times 10^{3} \times 10^{-3}\ \text{L}$,

donc $8\,900\ \text{mL} = 8{,}9\ \text{L}$ en notation scientifique.

5. $25\text{ kA} = 25\times10^{3}\text{A}$ soit $25\text{ kA} = 2{,}5\times10^{1}\times10^{3}\text{ A}$,

donc $25\text{ kA} = 2{,}5\times10^{4}\text{ A}$ en notation scientifique.

Exercice 7.3

1. Le suffixe micro correspond à la puissance 10^{-6}, donc $0{,}0000512\text{ g} = 51{,}2\times10^{-6}\text{g}$ donc $0{,}0000512\text{ g} = 51{,}2\ \mu\text{g}$.

2. Le suffixe kilo correspond à la puissance 10^{3}, donc $69\,000\text{ L} = 69\times10^{3}\text{L}$ soit $69\,000\text{ L} = 69\text{ kL}$.

3. Le suffixe giga correspond à la puissance 10^{9}, $900\,000\,000\text{ m} = 9\times10^{9}\text{ m}$ soit $900\,000\,000\text{ m} = 9\text{ Gm}$.

4. Le suffixe centi correspond à la puissance 10^{-2}, $0{,}0512\text{ Pa} = 5{,}12\times10^{-2}\text{ Pa}$ soit $0{,}0512\text{ Pa} = 5{,}12\text{ cPa}$.

5. $25\,502\text{ V} = 2{,}5502\times10^{4}\text{ V}$ en notation scientifique. Le suffixe milli correspond à la puissance 10^{-3} or $10^{4} = 10^{7}\times10^{-3}$ soit $25\,502\text{ V} = 2{,}5502\times10^{7}\text{ mV}$.

8 QU'EST-CE QUE L'ERREUR DE MESURE ?

Exercice 8.1

1. L'erreur de mesure représente l'écart entre la valeur à mesurer et la valeur mesurée par l'appareil. Quelles sont les principales causes d'erreur de mesure ?
2. La précision d'un appareil permet de donner un encadrement de la mesure réalisée.
3. La précision d'un appareil de mesure se trouve sur l'appareil de mesure ou sur sa notice.

Exercice 8.2

1. Un encadrement de la mesure obtenue par le premier élève est :
$67\text{ mL} < V_1 < 69\text{ mL}$.
2. Un encadrement de la mesure obtenu par le deuxième élève est :
$68\text{ mL} < V_2 < 70\text{ mL}$.
3. La représentation des deux résultats et leur encadrement est :

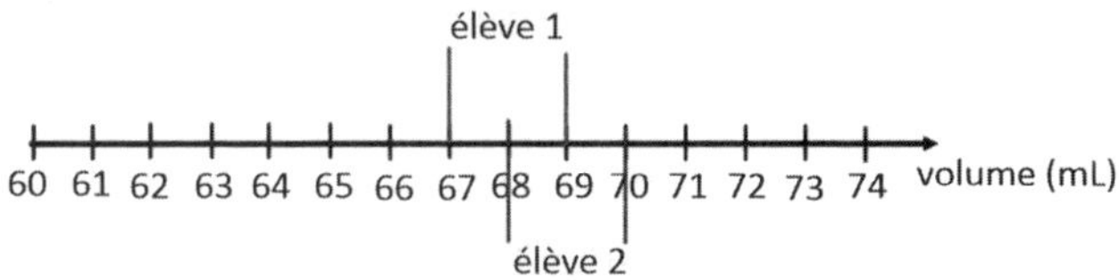

4. Comme les intervalles se chevauchent, les deux élèves peuvent conclure que leurs résultats sont identiques.

Exercice 8.3

1. Le schéma du circuit électrique est :

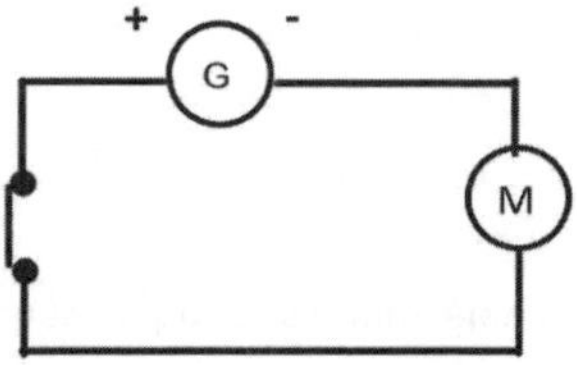

2. On utilise la relation mathématique : $2\,\% \times I + 0{,}01$ A

Or $I = 0{,}54$ A pour la première mesure, donc $\frac{2 \times 0{,}54}{100} + 0{,}01 = 0{,}0208$

La précision de la première mesure est de 0,0208 A.

3. La précision de la première mesure arrondie au centième est 0,02 A.

4. Le résultat de la première mesure avec son erreur est :

$I_1 = 0{,}54 \pm 0{,}02$ A .

5. Pour la deuxième mesure $I_2 = 0{,}57$ A , donc $\frac{2 \times 0{,}58}{100} + 0{,}01 = 0{,}0214$

La précision de la deuxième mesure est de 0,0214 A.

6. La précision de la deuxième mesure arrondie au centième est 0,02 A.

Le résultat de la deuxième mesure est $I_2 = 0{,}57 \pm 0{,}02$ A .

7. En comparant les encadrements des deux mesures, l'élève conclut que les deux mesures sont identiques. En effet $0{,}52 < I_1 < 0{,}56$ et $0{,}55 < I_1 < 0{,}58$.

9 QUELS SONT LES DIFFÉRENTS CIRCUITS ÉLECTRIQUES ET LE SENS DU COURANT ?

Exercice 9.1

1. Un circuit électrique en série est un circuit qui ne forme qu'une seule boucle et où les dipôles sont les uns à la suite des autres.

2. Un circuit en dérivation est un circuit possédant plusieurs boucles.

3. Les caractéristiques d'un circuit en série sont que le nombre de dipôles récepteurs a une influence sur le fonctionnement des dipôles récepteurs et que l'ordre des dipôles, n'a aucune influence sur le fonctionnement des dipôles récepteurs.

4. Les intersections dans un circuit en dérivation sont appelées des nœuds.

5. La branche principale d'un circuit en dérivation est la branche contenant le générateur.

6. Le sens conventionnel du courant électrique circule du pôle (+) vers le pôle (–) du générateur, dans le circuit, à l'extérieur du générateur.

Exercice 9.2

1. Le schéma du circuit en série est :

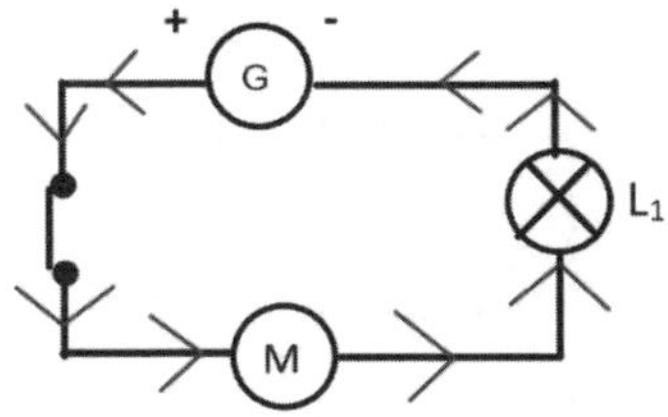

2. La lampe est allumée car elle reçoit de l'énergie électrique.

3. Le schéma du circuit en ajoutant une lampe L_2 en série est :

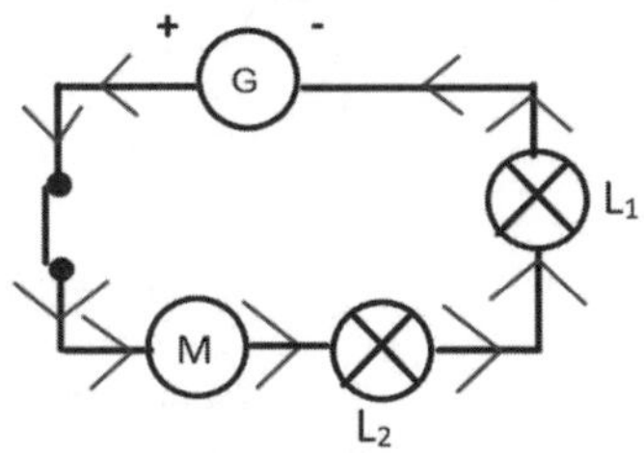

4. On peut mettre la lampe L_2 où l'on veut dans le circuit, car la place des dipôles n'a pas d'importance.

5. On observera que les lampes brilleront moins dans de la question 3 que dans le circuit de la question 1, car le nombre de dipôles récepteurs a une influence sur leur fonctionnement.

Exercice 9.3

1. Le schéma du circuit est :

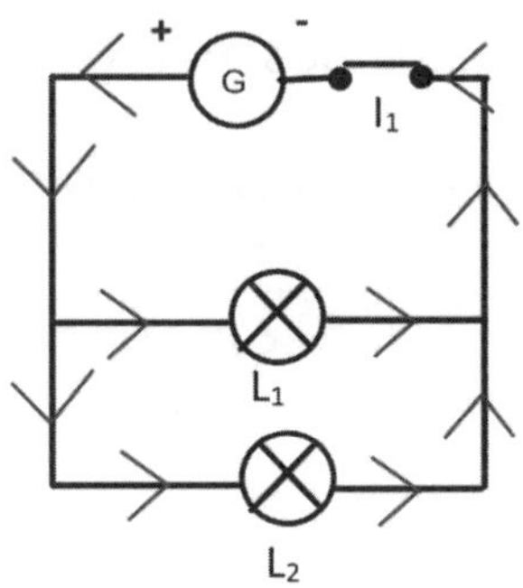

2. Si on ouvre l'interrupteur I_1 le courant ne circulera plus et les deux lampes vont être éteintes.

3. Le schéma du circuit est :

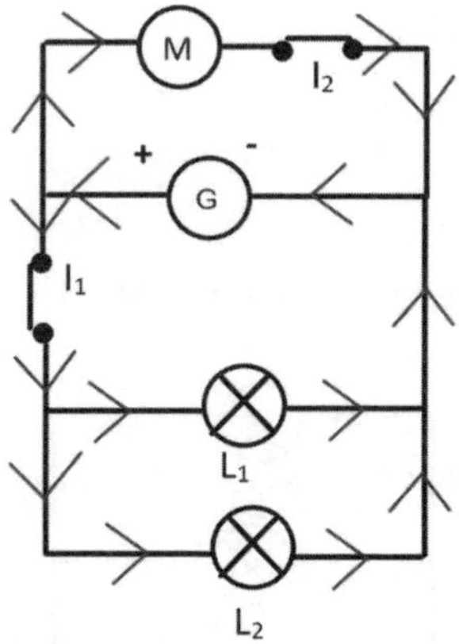

4. Si on ouvre l'interrupteur I_2, seul le moteur arrêtera de tourner car il ne recevra plus d'énergie électrique.

10 QUELLES SONT LES DIFFÉRENTES LOIS DES CIRCUITS ÉLECTRIQUES ?

Exercice 10.1

1. Dans un circuit en dérivation le courant dans la branche principale est égal à la somme des courants dans les branches dérivées.
2. Dans un circuit en série, la somme des tensions des dipôles récepteurs est égale à la tension du générateur.
3. Dans un circuit en série, le courant électrique a la même valeur partout dans le circuit.
4. Dans un circuit en série, l'intensité du courant électrique augmente lorsque le nombre de dipôle récepteur augmente.
5. Dans un circuit en dérivation, la tension dans chaque branche dérivée est la même que la tension dans la branche principale.

Exercice 10.2

1. Le schéma du circuit électrique est :

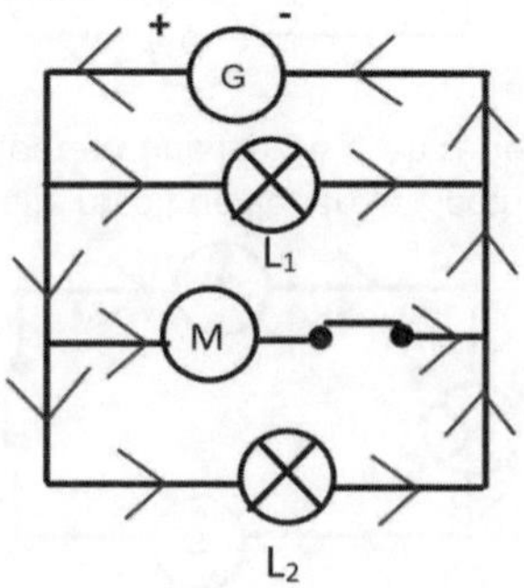

2. $I_1 = 253 \text{ mA} = 0{,}253 \text{ A}$.

3. Le circuit est un circuit en dérivation, donc le courant dans la branche principale est égal à la somme des courants dans les branches dérivées.
4. Si on appelle I_G, l'intensité dans la branche principale, en appliquant la loi au circuit, on a : $I_1 + I_2 + I_3 = I_G$. d'où $I_G = 0{,}253 + 0{,}15 + 0{,}38$ donc $I_G = 0{,}783$ A.
5. Dans un circuit en dérivation, la tension dans chaque branche dérivée est la même que la tension dans la branche principale.
6. En appliquant la loi, on a $U_{L2} = U_G$. Or $U_G = 12$ V donc $U_{L2} = 12$ V.
La tension aux bornes de la lampe L_2 est de 12 V.

Exercice 10.3

Soit un circuit en série composé d'une lampe, d'un interrupteur fermé, d'un moteur et d'un générateur de 6 V. On mesure une intensité de $I = 0{,}18$ A, après la lampe, une tension de $U_L = 0{,}15$ V.

1. Le schéma du circuit électrique est :

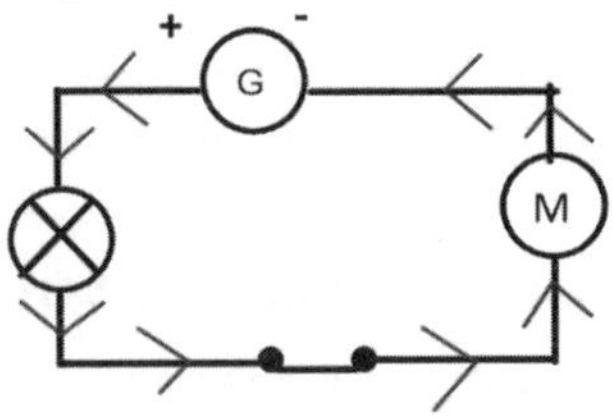

2. Dans un circuit en série, l'intensité est la même partout, donc l'intensité après le moteur est de 0,18 A.
3. Dans un circuit en série, la somme des tensions des dipôles récepteurs est égale à la tension du générateur.
4. En appliquant la loi au circuit, on a $U_{Générateur} = U_{Lampe} + U_{Moteur} + U_{interrupteur}$. Or la tension d'un interrupteur fermé est nulle. D'où :
$6 = 0{,}15 + U_{Moteur}$ donc $U_{Moteur} = 6 - 0{,}15$ et $U_{Moteur} = 5{,}85$.
La valeur de la tension aux bornes du moteur est de 5,85 V.

11 COMMENT CALCULER UNE VITESSE ?

Exercice 11.1

1. La vitesse d'un objet représente la distance parcourue par l'objet pendant une durée donnée.
2. L'unité légale de la vitesse est le mètre par seconde (m/s).
La relation mathématique permettant de calculer la vitesse d'un objet est :

$$v = \frac{d}{t}$$

Avec la vitesse v en m/s, la distance parcourue, d en m et la durée du parcours t en m.

Exercice 11.2

1. 1 h = 60 min, donc 18 min = 18/60 h soit 18 min = 0,3 h
Le temps de parcours est de 2,3 h.

2. La relation mathématique permettant de calculer la vitesse de la voiture en km/h est :

$v = \dfrac{d}{t}$ avec v en km/h, d en km et t en h.

Donc $v = \dfrac{55}{2{,}3}$; donc $v = 23{,}9$

La vitesse de la voiture est de 23,9 km/h.

3. L'unité légale de la vitesse est le mètre par seconde.

Or 1 km = 10^3 m et 1 h = 3 600 s. Donc $v = \dfrac{55 \times 10^3}{2{,}3 \times 3\,600}$; $v = 6{,}6$.

La vitesse de la voiture est de 6,6 m/s.

Exercice 11.3

La relation mathématique permettant de calculer la vitesse de la voiture en km/h est :

$v = \dfrac{d}{t}$ avec v en m/s, d en m et t en s.

Or $d = 1{,}5 \times 10^8$ km ; soit $d = 1{,}5 \times 10^8 \times 10^3$ m donc $v = 1{,}5 \times 10^{11}$ m

Et 8 min $= 8 \times 60$ s ; soit $t = 480 + 20$ s donc $= 500$ s.

Donc

$v = \dfrac{1{,}5 \times 10^{11}}{500}$; $v = 3 \times 10^8$.

On retrouve bien la valeur de la vitesse de la lumière qui est de 3×10^8 m/s.

12 QUELLES SONT LES DIFFÉRENTES UNITÉS ASTRONOMIQUES ?

Exercice 12.1

1. L'unité légale d'une longueur ou d'une distance est le mètre (m).

2. Pour les distances dans le système solaire, on utilise une unité usuelle qui est l'unité astronomique (U.A.).

3. La valeur approximative de l'unité astronomique est de :

1 U.A. = $1{,}5 \times 10^8$ km.

4. Pour les distances en dehors du système solaire, on utilise l'année-lumière (a.l.).

Exercice 12.2

1. La valeur de la vitesse de la lumière est de 3×10^8 m/s.

2. Une année dure environ 365,25 jours. Or 1 jour = 24 h et 1 h = 3 600 s.
Donc la durée est de : $365{,}25 \times 24 \times 3\,600 = 31\,557\,600$ s

3. La relation mathématique permettant de calculer la vitesse de la voiture en km/h est :

$$v = \frac{d}{t} \text{ avec } v \text{ en m/s, } d \text{ en m et } t \text{ en s.}$$

Donc $d = t \times v$; $d = 31\ 557\ 600 \times 3 \times 10^8$; $d = 94\ 672\ 800 \times 10^8$ m

soit $d \approx 9{,}5 \times 10^7 \times 10^8$ m ; $d \approx 9{,}5 \times 10^{15}$ m donc $9{,}5 \times 10^{12} \times 10^3$ m

soit $9{,}5 \times 10^{12}$ km .

On retrouve bien la valeur d'une année-lumière qui est de $9{,}5 \times 10^{12}$ km .

Exercice 12.3

1. Pour convertir en année-lumière la distance au Soleil de chacune des étoiles du tableau, il suffit de diviser la distance au Soleil par la valeur d'une année-lumière. On trouve :

Nom de l'étoile	Distance au Soleil en km	Distance au Soleil en a.l.
Wolf 359	741 000 000 000 000	78
Sirius	$8{,}17 \times 10^{13}$	8,6
Alpha du centaure	418 000 000 000 000	44
Kruger 60	$1{,}24 \times 10^{14}$	13,05

2. L'étoile la plus éloignée du Soleil est l'étoile Wolf 359.

3.

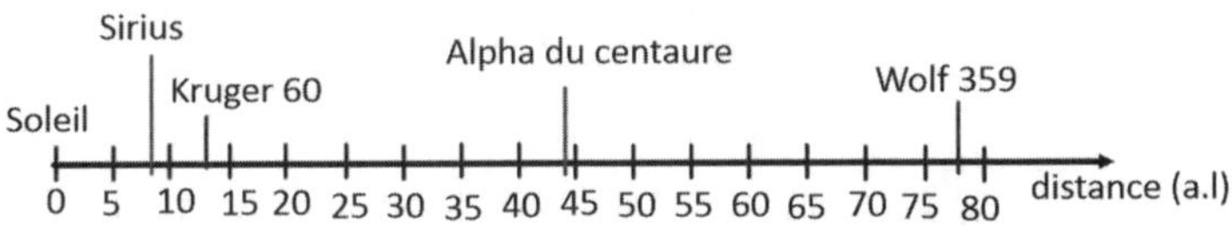

13 QUELLE EST LA CONSTITUTION D'UN ATOME ET SA STRUCTURE INTERNE ?

Exercice 13.1

1. Un atome est constitué d'électrons qui tournent autour d'un noyau contenant des protons et des neutrons.

2. Les électrons ont une charge électrique négative, les neutrons ont une charge électrique nulle et les protons ont une charge électrique positive.

3. La totale d'un atome est nulle car il y a autant d'électrons que de protons.

4. La majorité de la masse d'un atome est concentrée dans le noyau.

5. Le symbole de l'atome de carbone est *C*, celui de l'atome d'oxygène est *O*.

Exercice 13.2

Le diamètre d'un atome de cuivre est de 145 pm.

1. Le symbole de l'atome de cuivre est *Cu*.

2. Le préfixe pico correspond 10^{-12} donc le diamètre de l'atome de cuivre est de 145×10^{-12} m .

3. Le rapport entre la taille du diamètre de l'atome de cuivre et la taille du diamètre de son noyau est de 100 000. Donc on peut écrire :

$$d_{atome\ cuivre} = 100\ 000 \times d_{noyau\ cuivre}$$

4. Comme :

$d_{atome\ cuivre} = 100\ 000 \times d_{noyau\ cuivre}$ alors

$d_{noyau\ cuivre} = \frac{d_{atome\ cuivre}}{10^5}$ soit $d_{noyau\ cuivre} = \frac{145 \times 10^{-12}}{10^5}$ donc $d_{noyau\ cuivre} = 145 \times 10^{(-12-5)}$

et $d_{noyau\ cuivre} = 145 \times 10^{-17}$

Le diamètre du noyau de l'atome de cuivre est de 145×10^{-17} m.

5. Le préfixe nano correspond 10^{-9} ;

donc $145 \times 10^{-17}\ \text{m} = 145 \times 10^{(-9-8)}$ m.

$145 \times 10^{-17}\ \text{m} = 145 \times 10^{-8}$ nm.

Le diamètre du noyau d'un atome de cuivre 145×10^{-8} nm.

Exercice 13.3

1. Un atome possède autant d'électrons que de protons et le nombre de nucléons correspond au nombre de protons et neutrons dans le noyau.
Or 19 – 9 = 10. Donc l'atome de fluor possède 9 protons, 9 électrons et 10 neutrons.

2. Le modèle de l'atome de fluor est :

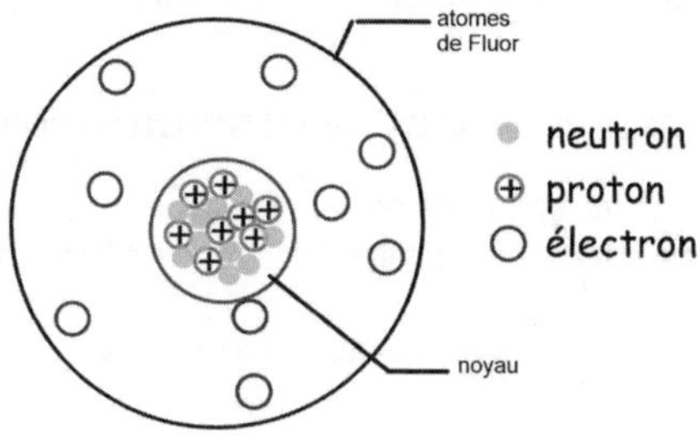

14 QU'EST-CE QUE LE TABLEAU PÉRIODIQUE DES ÉLÉMENTS ?

Exercice 14.1

1. Un élément chimique est l'ensemble des particules qui possèdent le même nombre de protons dans leur noyau.

2. Le tableau périodique est un tableau rassemblant l'ensemble des éléments chimiques.

3. Le nombre de charge représente le nombre de protons du noyau que contient l'élément chimique.

4. Le nombre de masse représente le nombre total de nucléons que possède l'élément chimique.

5. Le nombre *N* est le nombre de neutrons de l'élément chimique.

6. La relation reliant les nombres *N*, *Z* et *A* est $A = Z + N$.

Exercice 14.2

1. Le nombre de masse *A* correspond au nombre de nucléons donc de 28.

2. La valeur de *N* est de 14 car il correspond au nombre de neutrons.

3. On a la relation : $A = Z + N$. Donc $Z = A - N$ d'où $Z = 28 - 14$ soit $Z = 14$. Le numéro atomique Z de l'élément est 14.

4. Le nom de l'élément chimique dont le numéro atomique est 14 est le silicium.

Exercice 14.3

Comme : ${}^{16}_{8}O$

On peut en déduire que $Z = 8$ et $A = 16$.

Comme $A = Z + N$ donc $N = A - Z$ d'où $N = 16 - 8$ soit $N = 8$.

Donc l'atome d'oxygène possède 8 électrons et 8 protons et aussi 8 neutrons.

15 COMMENT S'EST FORMÉ L'UNIVERS ?

Exercice 15.1

1. On estime l'âge de l'Univers à 13,7 milliards d'années.

2. Le point d'origine de l'Univers est appelé Big Bang.

3. Les premiers éléments chimiques formés ont été l'hydrogène, l'hélium et le lithium.

4. L'Univers continue toujours son expansion.

5. L'âge estimé du système solaire est 4,6 milliards d'années.

Exercice 15.2

1. 10^6 correspond aux millions, donc la date de la deuxième valeur du tableau est de – 230 millions d'années.

2.

–13,7 milliards	– 230 millions	–4,6 milliards	–7 millions
Big Bang	Apparition des dinosaures	Création système solaire	Apparition de l'homme

3.

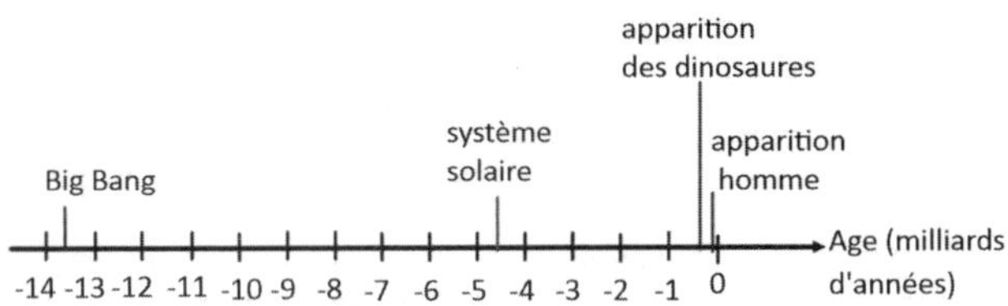

Exercice 15.3

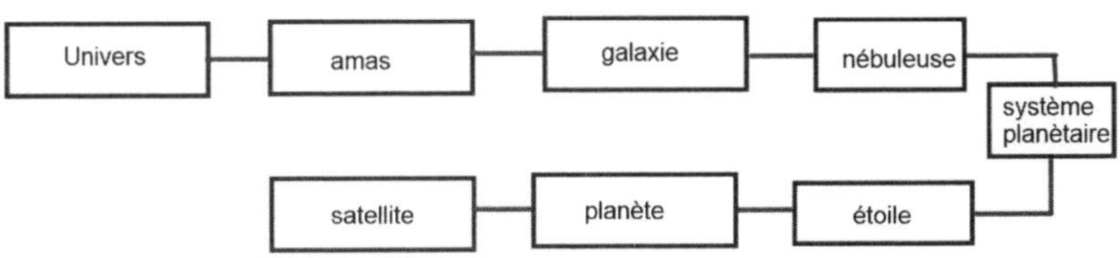

16 COMMENT CALCULER UNE MASSE VOLUMIQUE ?

Exercice 16.1

1. La masse volumique est une grandeur, notée ρ, correspondant à la masse par unité de volume. Son unité légale est le kilogramme par mètre cube (kg/m^3).

2. La relation mathématique permettant de calculer une masse volumique est :

$\rho = \frac{m}{V}$ avec la masse volumique ρ en kg/m^3, la masse m en kg et le volume V en m^3.

3. La valeur de la masse volumique de l'eau est de 1 000 kg/m^3.

4. Avec la masse volumique d'un objet, on peut savoir si un objet est un corps pur, savoir si un objet va flotter dans un liquide ou connaître la disposition de liquides non miscibles, en comparant les masses volumiques.

Exercice 16.2

1. La relation mathématique permettant de calculer une masse volumique est :

$\rho = \frac{m}{V}$ avec la masse volumique ρ en kg/L, la masse m en kg et le volume V en L.

2. $\rho = \frac{m}{V}$ d'où $\rho = \frac{2,986}{0.38}$ donc $\rho = 7,857$.

La masse volumique de la matière de la pierre est de 7,857 kg/L.

3. Comme $1\ L = 10^{-3} m^3$ alors $\frac{7,857}{10^{-3}} = 7\ 857$; donc la masse volumique de la pierre est de 7 857 kg/m^3.

4. À l'aide du tableau, on en déduit que la pierre est composée de fer.

Exercice 16.3

1. La relation mathématique permettant de calculer une masse volumique est :

2. $\rho = \frac{m}{V}$ avec ρ en g/L, la masse m en g et le volume V en L.

Donc $V = \frac{m}{\rho}$; soit $V = \frac{200}{789}$; V = 0,2534.

Le volume d'éthanol contenu dans le bécher est de 0,253 L.

3. Comme $\rho = \frac{m}{V}$; soit $\rho = \frac{342}{0,253}$ soit $\rho = 1\ 351$.

La masse volumique du mercure est de 1 351 g/L.

4. Comme ce sont des liquides non miscibles, ils ne vont pas se mélanger et on aura quatre couches. Tout en bas, le mercure puis l'eau de mer, puis l'éthanol et enfin l'éther, car celui qui possède la masse volumique la plus élevée se retrouve en bas.

17 QU'EST-CE QU'UN ION ?

Exercice 17.1

1. Une solution est conductrice car elle contient des ions.

2. Un ion est un atome ou d'un groupe d'atomes qui a perdu ou gagné un ou plusieurs électrons.

3. Un ion chargé positivement est appelé un cation.

Exercice 17.2

1. Le symbole de l'hydrogène est H, comme il a perdu un électron, il sera positif et la formule de l'ion hydrogène est H^+.

2. L'atome d'hydrogène possède un électron et l'ion hydrogène en a zéro car l'atome en a perdu un pour devenir un ion.

3. L'atome d'hydrogène et l'ion hydrogène possèdent, tous les deux, un proton.

4.

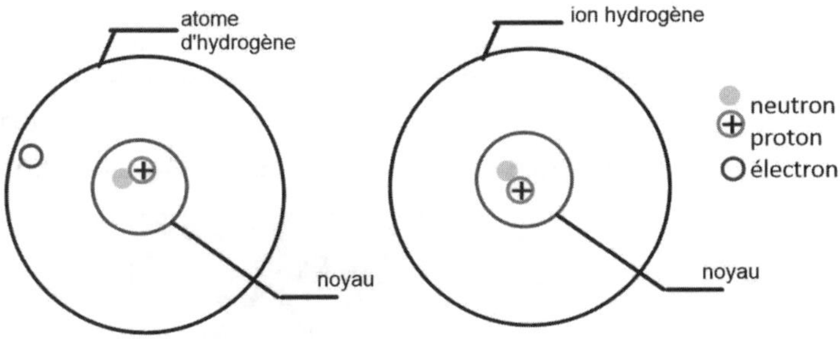

Exercice 17.3

1. Le symbole de l'atome de calcium est *Ca*.

2. Comme l'ion calcium est un ion positif, l'atome de calcium perdu des électrons.

3. En regardant la formule de l'ion, on en déduit que l'atome de calcium a perdu deux électrons.

Exercice 17.4

1. L'atome de fluor possède 11 charges positives car le nombre de charge correspond au nombre de protons.

2. Comme un atome contient autant d'électrons que de protons, l'atome de fluor possède 11 charges négatives.

3. L'ion fluor possède 11 charges positives, car le noyau de l'ion reste identique au noyau de l'atome qui l'a formé.

4. L'ion fluor possède 12 charges négatives car l'atome de fluor a gagné un électron.

5. La charge totale de l'ion fluor est –1 car 11 – 12 = –1.

6. La formule de l'ion fluor est F^-.

Exercice 17.5

1. Un ion polyatomique est un groupe d'atome qui a perdu ou gagné des électrons.

2. La charge totale de cet ion est de –2.

3. L'ion sulfate est un ion négatif, donc c'est un anion.

4. Cet ion est composé de quatre atomes d'oxygène et d'un atome de soufre.

18 QU'EST-CE QU'UNE SOLUTION IONIQUE ?

EXERCICE 18.1

1. Une solution ionique est une solution qui contient des ions.
2. Une solution ionique est toujours neutre donc a une charge nulle.

EXERCICE 18.2

Les ions fer III ont une charge de +3, les ions chlorures ont une charge de –1. Pour que la solution soit neutre, il faut multiplier la charge des ions chlorure par 3. Donc la formule de la solution de chlorure de fer III est $\left(Fe^{3+} + 3Cl^{-}\right)$.

EXERCICE 18.3

1. Les ions potassium ont une charge de +1 et les ions sulfate ont une charge de –2. Donc pour avoir une solution neutre, il faut multiplier par deux la charge des ions potassium. La formule de la solution de sulfate de potassium est : $\left(2K^{+} + SO_4^{2-}\right)$.

2. Avec la formule de la solution ionique, on déduit qu'un ion sulfate est accompagné de deux ions potassium. D'après les connaissances de la classe de quatrième, dans un liquide, les particules sont compactes et désordonnées.

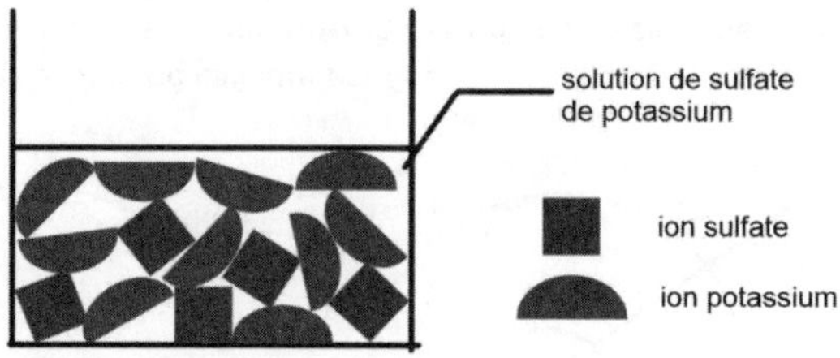

19 COMMENT IDENTIFIER UN ION DANS UNE SOLUTION ?

EXERCICE 19.1

1. Pour identifier les ions présents dans une solution ionique, il faut réaliser des tests caractéristiques et regarder la couleur des précipités formés.

2. L'expérience à réaliser pour identifier les ions présents dans une solution ionique en utilisant comme réactifs caractéristiques de l'hydroxyde de sodium et du nitrate d'argent est :

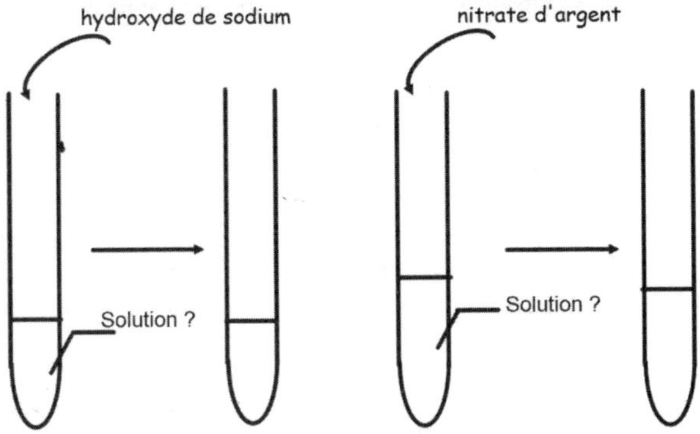

Exercice 19.2

1. D'après l'expérience, comme il se forme deux précipités, donc il y a, au minimum, deux ions dans l'eau du Mont Isa.

2. En utilisant la banque de données, le précité blanc obtenu avec le test avec de l'hydroxyde de sodium nous indique la présence d'ions zinc de formule Zn^{2+} et le précité blanc qui noircit à la lumière, obtenu avec le test avec le nitrate d'argent, nous indique la présence d'ions.

Exercice 19.3

1. La formule des ions fer III est Fe^{3+}.

2. Le test avec l'hydroxyde de sodium formera un précipité rouille et le test avec le nitrate d'argent sera négatif.

20 QUELLES SONT LES DIFFÉRENCES ENTRE LES SOLUTIONS ACIDES, NEUTRES ET BASIQUES ?

Exercice 20.1

1. Le pH est un nombre sans unité qui permet de préciser le caractère acide, basique ou neutre d'une solution aqueuse.

2. Une solution basique est une solution ionique dont le pH est compris entre 7,01 et 14. Elle contient moins d'ions hydrogène $\left(H^+\right)$ que d'ions hydroxyde $\left(HO^-\right)$.

3. Une solution qui a un pH de 7 est qualifiée de solution neutre.

Exercice 20.2

1.

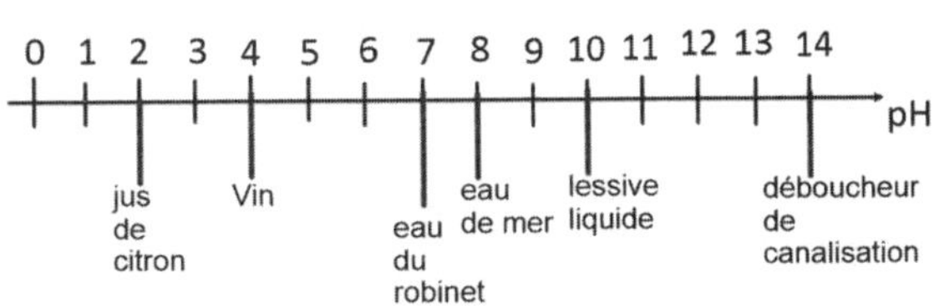

Corrigés

2. La solution la plus acide est la solution dont le pH est le plus faible, donc c'est le jus de citron.
3. La solution la plus basique est la solution dont le pH est le plus élevé, donc c'est le déboucheur de canalisation.

Exercice 20.3

1. La solution la plus acide est la solution dont le pH est le plus proche de 0, donc c'est le cola.
2. On peut déduire de la valeur du pH de l'eau du robinet que c'est une solution neutre.
3. Les solutions de cola et de café sont des solutions acides donc elles contiennent plus d'ions plus d'ions hydrogène $\left(H^+\right)$ que d'ions hydroxyde $\left(HO^-\right)$. La solution d'eau du robinet contient autant d'ions hydrogène $\left(H^+\right)$ que d'ions hydroxyde $\left(HO^-\right)$.
4. Comme la solution de cola est plus acide que la solution de café, alors il y a aura une plus grande différence entre le nombre d'ions hydrogène $\left(H^+\right)$ et le nombre d'ions hydroxyde $\left(HO^-\right)$ dans le cola que dans le café.
5.

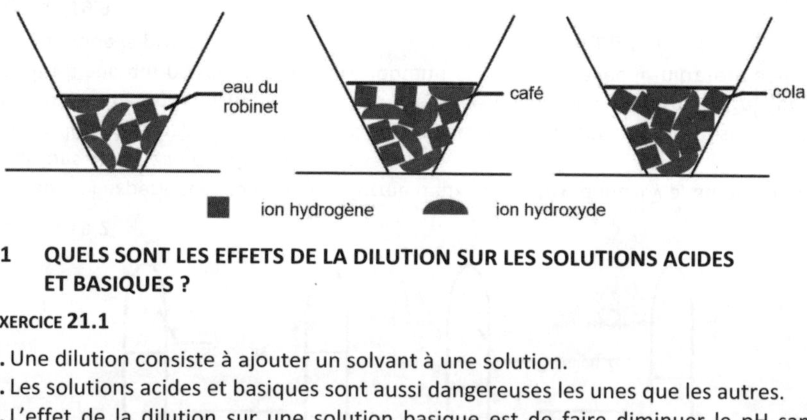

21 QUELS SONT LES EFFETS DE LA DILUTION SUR LES SOLUTIONS ACIDES ET BASIQUES ?

Exercice 21.1

1. Une dilution consiste à ajouter un solvant à une solution.
2. Les solutions acides et basiques sont aussi dangereuses les unes que les autres.
3. L'effet de la dilution sur une solution basique est de faire diminuer le pH sans jamais devenir inférieur à 7.
4. Une solution acide ne peut pas devenir basique lors d'une dilution, au départ elle contient plus d'ions hydrogène que d'ions hydroxyde et en ajoutant de l'eau, on ajoute autant d'ions hydrogène que d'ions hydroxyde.

Exercice 21.2

1. La solution acide la plus concentrée est celle dont le pH est le plus proche de 0, donc c'est la solution A.

2. La solution dont on a ajouté le plus d'eau est la solution dont le pH est le plus proche de 7 car en faisant la dilution d'une solution acide le pH augmente. Donc c'est la solution D.
3. Si on continuait la dilution, le pH de la solution se rapprocherait de 7 mais sans devenir supérieur à 7.

Exercice 21.3

1. La solution dans le bécher 1 est basique car son pH est supérieur à 7.
2. Le pH de la solution contenue dans le bécher 3, sera inférieur au pH de la solution du bécher 1 car lors d'une dilution d'une solution basique, le pH diminue.
3.

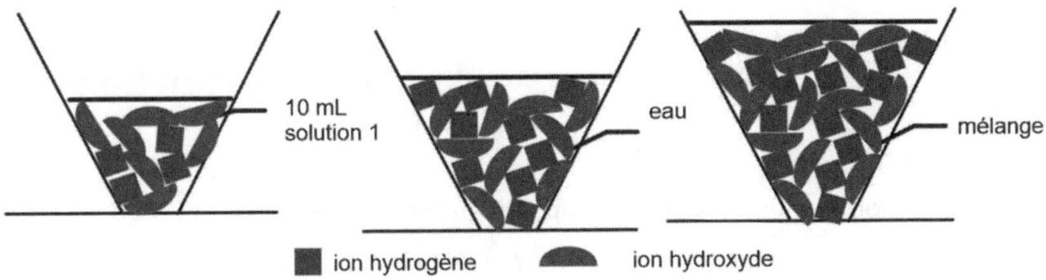

Exercice 21.4

1. On veut augmenter le pH de la solution d'une unité pH (7,3 – 6,3 = 1), donc il faut ajouter 36 mL (4 × 9 = 36).
2. On veut augmenter le pH de la solution de deux unités pH (5,5 – 3,5 = 2), donc il faut ajouter à 495 mL (99 × 5 = 495) d'eau à la solution.

22 QUELLES SONT LES DIFFÉRENTES TRANSFORMATIONS DE MATIÈRE ?

Exercice 22.1

1. Une transformation physique est une transformation au cours de laquelle les corps de départ se retrouvent à la fin.
2. Une transformation chimique est une transformation au cours de laquelle les corps de départ ne se retrouvent pas à la fin, il y a création de nouveau corps.
3. Les réactifs sont les corps de départ et qui disparaissent lors d'une transformation chimique.
4. Les produits sont les corps qui sont créés lors d'une transformation chimique.
5. Une transformation chimique s'écrit :

réactifs → produits

6. Le bilan d'une transformation chimique s'écrit avec les noms des corps alors que l'équation d'une transformation chimique s'écrit avec les symboles ou formules de corps.

Exercice 22.2

Un glaçon qui fond dans un verre est une transformation physique car l'eau subit un changement d'état, on a de l'eau au départ et de l'eau à la fin.
Du gaz (butane) qui brûle dans l'air est une transformation chimique car il y a apparition de nouveaux corps (eau et dioxyde de carbone).

Un clou en fer en présence d'air humide est une transformation chimique car il y a apparition d'un nouveau corps (rouille).
Le mélange de sucre et d'eau est une transformation physique car c'est un mélange et on retrouve à la fin les corps de départ (eau et sucre).

Exercice 22.3

1. La situation décrite est une transformation chimique car il y a apparition de nouveau corps.
2. Les réactifs de cette transformation chimique sont le bicarbonate de sodium et le vinaigre.
3. Les noms des produits de cette transformation chimique sont le dioxyde de carbone, l'eau et l'éthanoate de sodium.
4. La formule du dioxyde de carbone est CO_2 et celle de l'eau est H_2O.
5. Le bilan de la transformation chimique est :

$$\text{bicarbonate de sodium} + \text{vinaigre} \rightarrow \text{dioxyde carbone} + \text{eau} + \text{éthanoate de sodium}$$

6. L'équation de la transformation chimique est :

$$NaHCO_3 + CH_3COOH \rightarrow CO_2 + H_2O + CH_3COONa$$

23 QUE SE PASSE-T-IL LORS D'UNE RÉACTION ENTRE UNE SOLUTION ACIDE ET UNE SOLUTION BASIQUE ?

Exercice 23.1

1. Une réaction acido-basique est une réaction entre une solution acide et une solution basique.
2. L'effet d'une réaction acido-basique est de faire évoluer le pH de la solution vers un pH = 7 suivant le pH et le volume des solutions de départ.
3. Lors d'une réaction acido-basique la température augmente.
4. L'équation simplifiée d'une réaction acido-basique est :

$$H^+ + HO^- \rightarrow H_2O$$

5. Le but d'une réaction acido-basique est de neutraliser une solution concentrée pour pouvoir la recycler.

Exercice 23.2

1. Le pH de la solution d'acide chlorhydrique au départ est de pH = 2.
2. Le pH de la solution lorsque de la solution d'acide chlorhydrique sera neutralisée sera de pH = 7.
3. Le volume d'hydroxyde de sodium que l'on doit verser pour neutraliser la solution d'acide chlorhydrique est de 11 mL.

Exercice 23.3

1. La solution A est une solution acide car son pH est inférieur à 7 et la solution B est une solution basique car son pH est supérieur à 7.
2. Lors de la neutralisation de ces solutions on formera de l'eau.
3. Pour neutraliser la solution A, on peut utiliser une solution de soude ou la solution de carbonate de calcium.
4. Pour neutraliser la solution B, on peut utiliser une solution d'acide chlorhydrique ou la solution d'acide acétique.

24 QUE SE PASSE-T-IL LORS DE LA RÉACTION ENTRE UNE SOLUTION D'ACIDE CHLORHYDRIQUE ET LE FER ?

Exercice 24.1

1. Le bilan de la réaction entre l'acide chlorhydrique et le fer est :

$$acide\ chlorhydrique + fer \rightarrow chlorure\ de\ fer\ II + dihydrogène$$

2. Les réactifs de cette réaction chimique sont l'acide chlorhydrique et le fer.
3. Les produits de cette réaction chimique sont la solution de chlorure de fer II et le dihydrogène.
4. Les ions chlorure sont appelés espèce spectatrice car ils ne participent pas à la réaction chimique.
5. Cette réaction chimique produit de l'énergie thermique.

Exercice 24.2

1. Le dessin de l'expérience de la réaction chimique entre l'acide chlorhydrique et le zinc est :

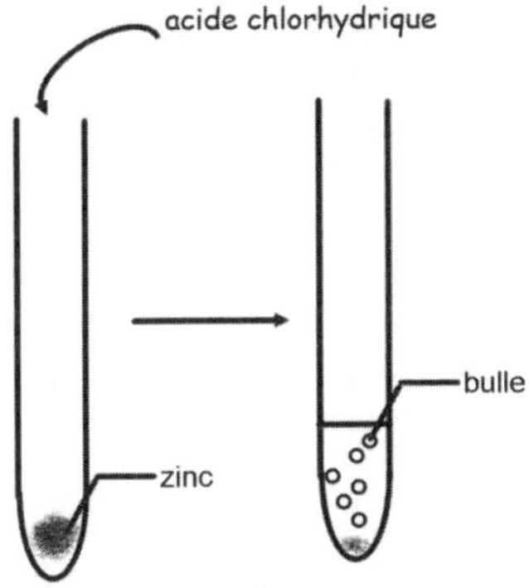

2. L'acide chlorhydrique étant une solution acide, elle contient des ions hydrogène et des ions chlorure.
3. La solution finale contient des ions chlorure et des ions zinc.
4. Le bilan de la réaction chimique est :

$$acide\ chlorhydrique + zinc \rightarrow chlorure\ de\ zinc + dihydrogène$$

5. L'équation simplifiée de la réaction chimique est :

$$2H^{+} + Zn \rightarrow Zn^{2+} + H_{2}$$

Exercice 24.3

1. Lors de cette réaction chimique on observera l'apparition de bulles et de chaleur.
2. Le dihydrogène qui se forme lors de cette réaction chimique peut être identifié si en approchant une allumette en combustion, il y a une détonation.
3. Le bilan de la réaction chimique est :

$$acide\ chlorhydrique + aluminium \rightarrow chlorure\ d'aluminium + dihydrogène$$

4. L'équation simplifiée correspondant à la réaction entre l'acide chlorhydrique et l'aluminium est l'équation b) car c'est la seule vérifiant la conservation de la masse et la conservation de la charge et qui ne contient pas les ions spectateurs.

25 COMMENT CARACTÉRISER LA VITESSE D'UN MOUVEMENT ?

Exercice 25.1

1. Pour caractériser entièrement la vitesse d'un objet, il faut déterminer sa direction de sa vitesse, son sens sa valeur.
2. L'unité légale de la vitesse est le mètre par seconde (m/s).
3. La vitesse d'un objet, dont l'écart entre deux positions est de plus en plus grand alors que le temps reste identique, augmente.
4. La vitesse d'un objet, dont l'écart entre deux positions et le temps restent les mêmes, est qualifiée de constante.

Exercice 25.2

1. La distance parcourue par la bille, entre les points *A* et *D*, est de plus en plus petite.
2. Comme la distance parcourue par la bille est de plus en plus petite, la vitesse de la bille diminue au cours de son mouvement.
3. La direction de la vitesse de la bille est horizontale.
4. Le sens de la vitesse de la bille est vers la droite ou de gauche à droite.

Exercice 25.3

1. La relation mathématique permettant de calculer une vitesse est :

$$v = \frac{d}{t}$$

Si on utilise l'unité légale de la vitesse, alors la vitesse v sera en m/s, la distance parcourue, d sera en m et la durée du parcours t, sera en m.
2. Les différentes vitesses moyennes des billes sont :

Position	Distance (cm)	Temps (s)	Vitesse (cm/s)
A	1,5	5	0,3
B	3	10	0,3
C	4,5	15	0,3
D	6,5	20	0,33
E	9	25	0,36
F	13	30	0,43
G	18	35	0,51

3. La vitesse de la bille entre les positions *O* et *C* est constante car sa valeur reste la même.
4. La vitesse de la bille entre les positions *C* et *G* augmente.
5. La vitesse de la bille au cours de son mouvement est variée car elle change au cours de son mouvement.

26 QU'EST-CE QUE LE MOUVEMENT ET LA TRAJECTOIRE D'UN OBJET ?

Exercice 26.1

1. Le système est l'objet ou le point d'un objet, dont on étudie le mouvement.
2. Le mouvement est le déplacement du système dans l'espace.

3. La trajectoire d'un système est l'ensemble des positions successives qu'il occupe au cours de son mouvement.

4. Les formes possibles de la trajectoire d'un mouvement sont une ligne droite, un cercle ou un arc de cercle et enfin une courbe.

EXERCICE 26.2

1. et **2.**

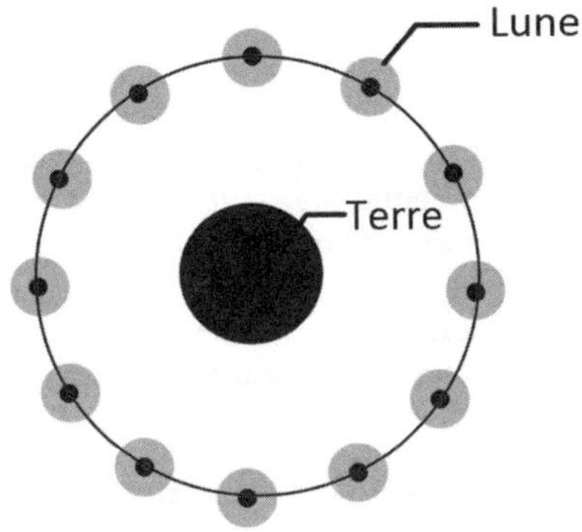

3. La trajectoire de la Lune est un cercle.

EXERCICE 26.3

Si on considère que le système est le point A du carton.

1. La trajectoire du système étudié est :

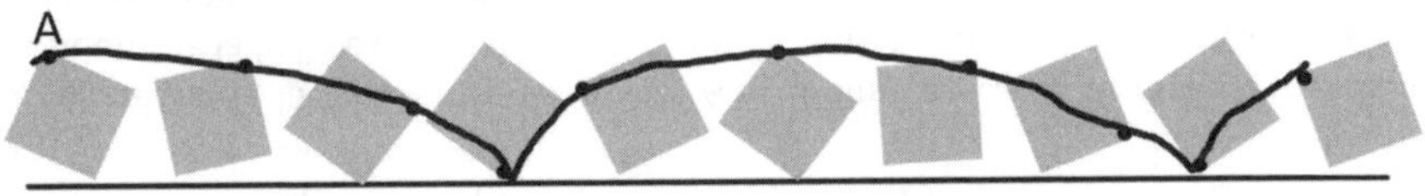

2. La trajectoire du système décrit une courbe.

Si on considère que le système est le centre du carton.

3. La trajectoire du système étudié est :

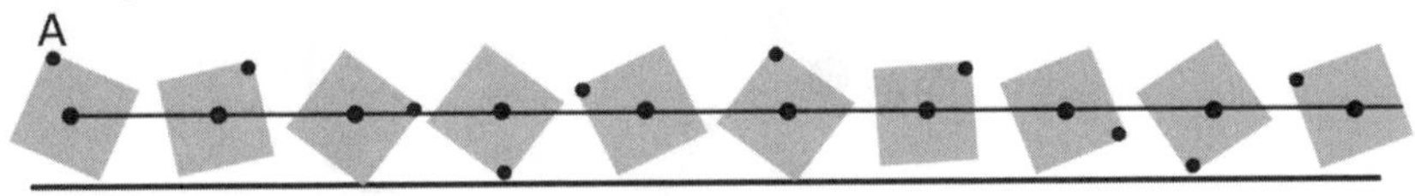

4. La trajectoire du système étudié est une droite.

5. La forme de la trajectoire du carton change suivant le système choisi sur le carton.

27 COMMENT CARACTÉRISER UN MOUVEMENT ?

EXERCICE 27.1

1. Le mouvement d'un système est caractérisé entièrement par sa nature et son type.

2. Les différents types d'un mouvement sont rectiligne, circulaire, curviligne.

3. Les différentes natures d'un mouvement sont accélérées, décéléré ou ralenti, uniforme ou varié.

Exercice 27.2

1. La vitesse de la bille au cours du mouvement est constante car la distance entre chaque position de la bille reste identique.
2. La nature du mouvement de la bille est donc uniforme.
3. La trajectoire de la bille est un arc de cercle.
4. La nature du mouvement de la bille est donc circulaire.

Exercice 27.3

1. La trajectoire de la balle est une courbe et la nature de son mouvement est donc curviligne.

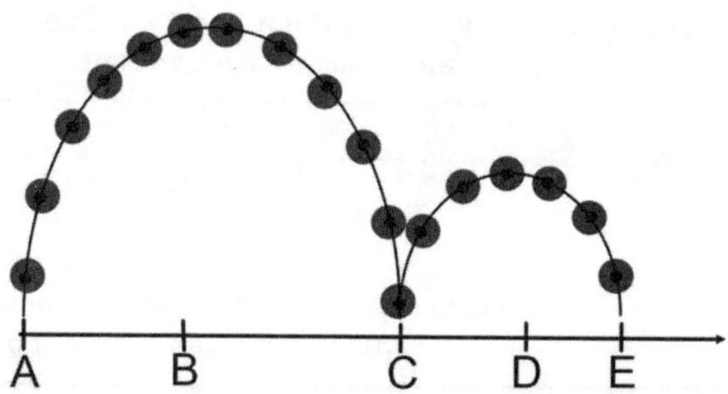

2.
3. La vitesse de la balle entre les points A et B diminue car la distance entre deux positions de la balle est de plus en plus petite. Entre les points B et C, la vitesse de la balle augmente car la distance entre deux positions de la balle augmente et entre les points C et D, la vitesse diminue de nouveau, la distance entre deux positions diminue.
4. On peut déduire que le type de mouvement de la balle est varié car la vitesse de la balle change au cours du mouvement.

28 QU'EST-CE QUE LA RELATIVITÉ DU MOUVEMENT ?

Exercice 28.1

1. Un référentiel est l'objet que l'on va prendre comme référence.
2. Le choix du référentiel peut influencer la trajectoire et les caractéristiques du mouvement.
3. Pour savoir si un objet est en mouvement par rapport à son référentiel, il faut regarder si la distance entre l'objet et le référentiel, ou si la position de l'objet par rapport au référentiel, changent ; ou alors identifier que l'objet décrit un mouvement de rotation par rapport au référentiel.

Exercice 28.2

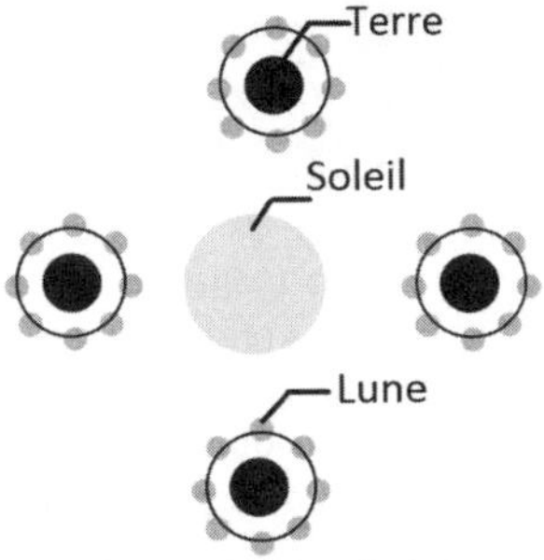

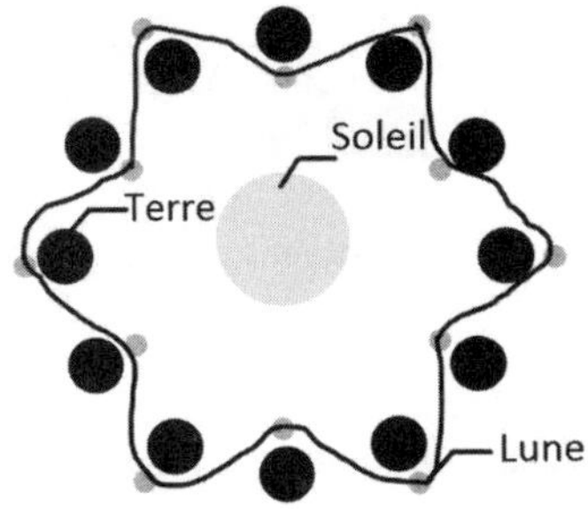

1. Sur l'image 1, la trajectoire de la Lune si le référentiel est la Terre est un cercle.

2. Sur l'image 2, la trajectoire de la Lune si le référentiel est le Soleil est une courbe.

Exercice 28.3

Dans la situation 1, le carton A est en mouvement par rapport à l'homme car la distance entre les deux augmente.
Dans la situation 2, le carton A est immobile par rapport au carton B car la distance entre les deux reste constante.
Dans la situation 3, le carton C est en mouvement par rapport au carton A car la distance entre les deux diminue.
Dans la situation 4, le carton C est en mouvement par rapport à l'homme car la distance entre les deux diminue.
Dans la situation 5, l'homme est en mouvement par rapport au carton B car la distance entre les deux augmente.

29 QU'EST-CE QU'UNE ACTION MÉCANIQUE ?

Exercice 29.1

1. Une action mécanique est une action exercée par un objet sur un autre objet.

2. L'objet exerçant l'action mécanique est nommé le donneur ou l'acteur.

3. L'objet subissant l'action mécanique est nommé le receveur.

4. Les différents types d'action mécanique sont les actions de contact et les actions à distance.

5. Les différentes natures d'une action mécanique sont ponctuelle ou répartie.

6. Les effets possibles d'une action mécanique sont de mettre en mouvement le receveur, de déformer le receveur, changer la trajectoire ou la vitesse du receveur ou de maintenir le receveur au repos ou en équilibre.

Exercice 29.2

1. Pour la situation 1, l'action mécanique est à distance et répartie.
Pour la situation 2, l'action mécanique est de contact et répartie.
Pour la situation 2, l'action mécanique est de contact et ponctuelle.

2. Pour la situation 1, l'effet de l'action mécanique est de modifier la trajectoire de la bille.
Pour les situations 2 et 3, l'effet de l'action mécanique est de mettre en mouvement le bateau et la voiture.

Exercice 29.3

Si on considère que le système est la bille :

1. Le donneur est le ressort et le receveur est la bille.

2. C'est une action mécanique de ponctuelle et de contact.

3. L'effet de l'action mécanique est de maintenir en équilibre ou au repos la bille.

Si on considère maintenant que le système est le ressort :

4. Le donneur est la bille et le receveur est le ressort.

5. C'est une action mécanique de ponctuelle et de contact.

6. L'effet de l'action mécanique est de déformer le ressort.

7. On peut dire que les deux objets sont en interaction car chacun agit l'un sur l'autre.

30 QU'EST-CE QU'UNE FORCE ?

Exercice 30.1

1. Une force est la modélisation de l'action mécanique que subit un système.

2. Les caractéristiques d'une force sont son point, sa direction, son sens, son intensité.

3. Une force est représentée par un segment fléché, noté, $\vec{F}_{donneur/receveur}$.

Exercice 30.2

1. Le donneur est l'aimant et le receveur est la bille.

2. Les caractéristiques de la force sont :

- le point d'application : le centre de la bille ;
- sa direction est horizontale ;
- son sens : de la bille vers l'aimant ;
- son intensité : 450 N.

3. En respectant l'échelle $1 \text{ cm} \rightarrow 250 \text{ N}$, on en déduit que $450 \text{ N} \rightarrow 1,8 \text{ cm}$.

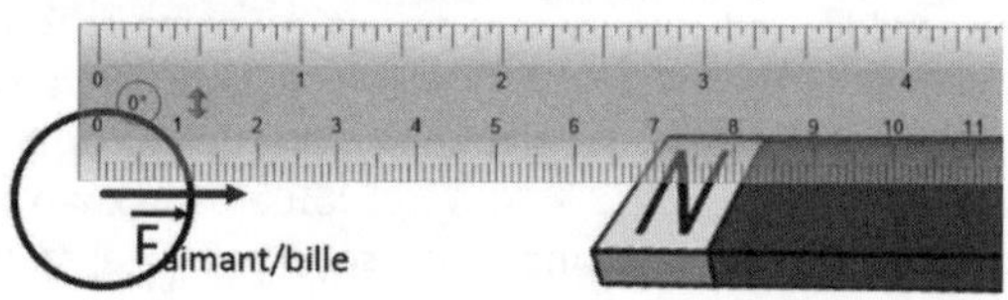

Exercice 30.3

1. Le donneur est la bille et le receveur est le ressort.

2. Les caractéristiques de la force sont :

- le point d'application : le point de contact entre le ressort et la bille ;
- sa direction est horizontale ;
- son sens : vers la droite
- son intensité : 600 N.

3. En respectant l'échelle $1 \text{ cm} \rightarrow 300 \text{ N}$, on en déduit que $600 \text{ N} \rightarrow 2 \text{ cm}$.

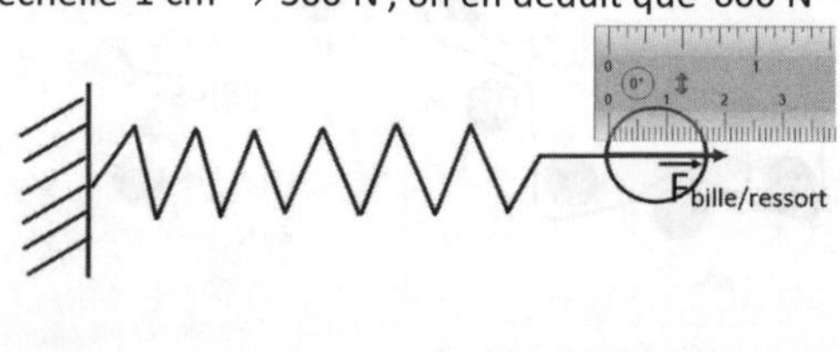

31 QU'EST-CE QUE L'INTERACTION GRAVITATIONNELLE OU GRAVITATION ?

EXERCICE 31.1

1. La gravitation est une interaction attractive entre deux objets qui ont une masse. C'est une action mécanique à distance et répartie.
2. La gravitation est une action universelle car elle s'applique partout dans l'Univers.
3. Plus la distance augmente plus la gravitation diminue.
4. Plus la masse des objets augmente plus la gravitation augmente.
5. L'interaction gravitationnelle exercée par la Lune sur la Terre est à l'origine des marées sur la Terre.

EXERCICE 31.2

1. Le Soleil exerce sur la Terre son interaction gravitationnelle ce qui a pour effet de la faire tourner autour de lui.
2. Le soleil exerce sur la Terre une interaction gravitationnelle dont les caractéristiques de la force sont :

- le point d'application : le centre de la Terre ;
- sa direction : la droite passant par le centre du Soleil et le centre de la Terre ;
- son sens : de la Terre vers le Soleil ;

La Terre exerce sur le soleil une interaction gravitationnelle dont les caractéristiques de la force sont :

- le point d'application : le centre du Soleil ;
- sa direction : la droite passant par le centre du Soleil et le centre de la Terre ;
- son sens : du soleil vers la Terre ;

3.

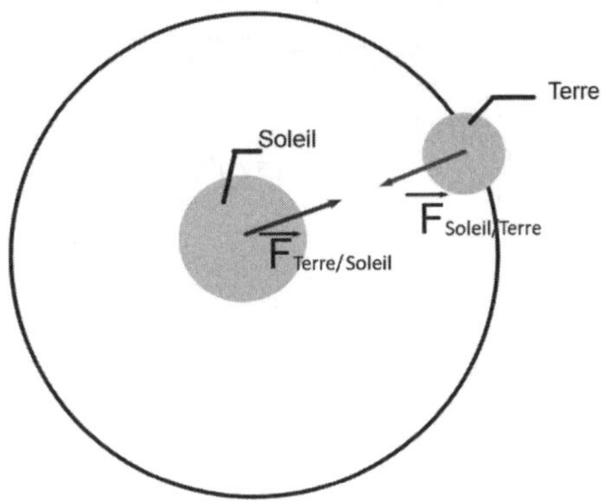

Corrigés

Exercice 31.3

1.

$$F_{Soleil/lune} = G\frac{m_{soleil}m_{lune}}{d_{Soleil-lune}^{2}}$$

$$F_{Soleil/lune} = 6{,}67 10^{-11}\frac{1{,}99 10^{30}\ \ 7{,}35 10^{22}}{\left(1{,}5 10^{11}\right)^{2}}$$

$$F_{Soleil/lune} = 43{,}36\ 10^{19}$$

L'intensité de la force gravitationnelle exercée par le Soleil sur la Lune est :

$43{,}36\ 10^{19}\ N$.

2.

$$F_{Terre/lune} = G\frac{m_{Terre}m_{lune}}{d_{Terre-lune}^{2}}$$

$$F_{Terre/lune} = 6{,}67 10^{-11}\frac{5{,}98 10^{24}\ \ 7{,}35 10^{22}}{\left(3{,}84 10^{8}\right)^{2}}$$

$$F_{Terre/lune} = 19{,}88\ 10^{19}$$

L'intensité de la force gravitationnelle exercée par la Terre sur la Lune est de :

$19{,}88\ 10^{19}\ N$.

3. L'intensité de la force gravitationnelle exercée par la Terre sur la Lune est inférieure à la force gravitationnelle exercée par le Soleil sur la Lune. On pourrait se poser la question : pourquoi la Lune tourne-t-elle autour de la Terre et pas autour du Soleil ?

32 QUELLE EST LA DIFFÉRENCE ENTRE LE POIDS ET LA MASSE ?

Exercice 32.1

1. La masse représente la quantité de matière d'un objet, son unité légale est le kilogramme.

2. Le poids est une action mécanique exercée par un astre sur un objet situé dans son voisinage. Son unité légale est le newton.

3. La relation mathématique permettant de calculer le poids d'un objet est :

$P = m \times g$ avec P en newton (N), m en kilogramme (kg) et g en newton par kilogramme $\left(N/kg\right)$.

4. La force du poids est caractérisée par :

- *point d'application* : le centre de l'objet subissant l'action de l'astre ;
- *direction* : verticale ;
- *sens* : vers le bas ou de haut en bas et dirigé vers le centre de l'astre ;
- *intensité* : se mesure avec un dynamomètre ou se calcule en utilisant avec la relation $P = m \times g$.

5. La valeur de l'intensité de la pesanteur de la Terre est de $g_{Terre} = 9{,}81 \text{ N/kg}$ soit environ 10 N/kg.

EXERCICE 32.2

1. La relation mathématique permettant de calculer le poids d'un objet est :
$P = m \times g$ avec P en newton (N), m en kilogramme (kg) et g en newton par kilogramme $\left(\text{N/kg}\right)$.

2. $P = 142 \times 10$ donc P = 1 420.
Le poids d'Armstrong sur la Terre est de 1 420 N.
3. $P = 142 \times 1{,}6$ donc P = 227,2.
Le poids d'Armstrong sur la Lune est de 227,2 N.
4. Armstrong avançait par petits bonds sur la Lune, car celle-ci exerce une action mécanique moins importante que la Terre et donc la Lune attire moins Armstrong sur son sol.

EXERCICE 32.3

1. La relation mathématique permettant de calculer le poids d'un objet est :
$P = m \times g$ avec P en newton (N), m en kilogramme (kg) et g en newton par kilogramme $\left(\text{N/kg}\right)$.

Or $g_{Mars} = 3{,}7 \text{ N/kg}$ donc $P = 59{,}15 \times 3{,}7$ soit P = 218,85 N.
La valeur du poids du cosmonaute sur Mars, arrondit au dixième est de 218,9 N.
2. La valeur de la masse de ce cosmonaute sur Neptune est toujours de 59,15 kg car la masse est invariable et ne dépend pas de l'endroit où l'on se trouve.
3. La relation mathématique permettant de calculer le poids d'un objet est :
$P = m \times g$ avec P en newton (N), m en kilogramme (kg) et g en newton par kilogramme $\left(\text{N/kg}\right)$.

Or 730 g = 0,73 kg et $P = m \times g$ donc $g = \dfrac{P}{m}$ soit $g = \dfrac{6{,}5}{0{,}73}$ et g = 8,9.

La valeur du coefficient de gravité de la planète où se trouve le sac est g = 8,9 N/kg.
4. Avec le tableau on trouve que le sac se trouve sur la planète Uranus.

33 QU'EST-CE QUE LE DIAGRAMME OBJET-INTERACTION ?

EXERCICE 33.1

1. Le diagramme objet-interaction permet de visualiser les différentes actions mécaniques qui agissent sur le système étudié par les objets qui l'entourent.
2. Pour réaliser un diagramme objet-interaction, il faut :
- mettre au centre dans une forme géométrique (rectangle, ovale), le système étudié ;
- mettre autour dans une forme géométrique, les objets en interaction avec le système ;

- relier le système et les objets autour par :
  - o des doubles flèches en traits pleins pour les interactions de contact,
  - o des doubles flèches en pointillé pour les interactions à distance.

Exercice 33.2

1. Le nom donné à l'action mécanique existant entre la Terre et le Soleil est la gravitation ou l'interaction gravitationnelle.
2. L'action mécanique existant entre le Soleil et la Terre est une action à distance et répartie.
3. L'action mécanique existant entre la Terre et la Lune est aussi une action à distance et répartie.
4. Le diagramme objet-interaction dont le système est la Terre est :

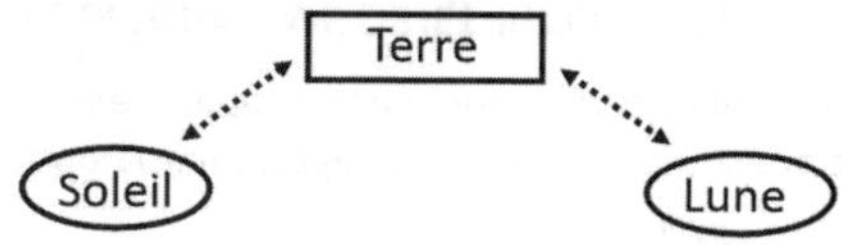

Exercice 33.3

Le vent exerce une action de contact sur la voile du bateau. L'eau et l'air exercent des actions de contact correspondant aux frottements.
Le diagramme objet-interaction si le système est l'ensemble du bateau est :

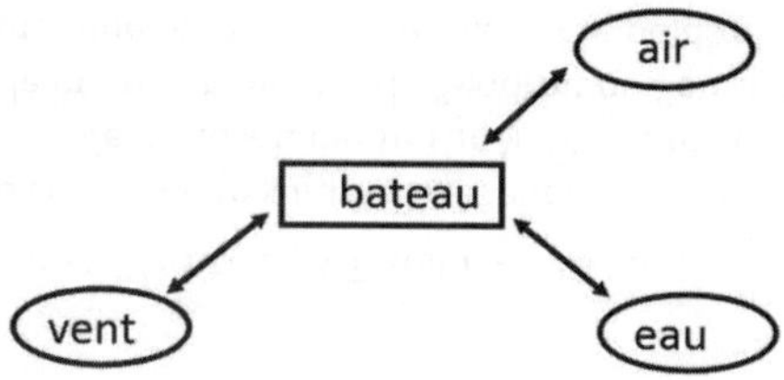

34 QUE FAUT-IL POUR AVOIR UN OBJET EST-IL EN ÉQUILIBRE ?

Exercice 34.1

1. La condition pour qu'un système soit en équilibre est que les forces qui s'appliquent sur le système se compensent.
2. Les caractéristiques des deux forces s'exerçant sur un système pour que celui-ci soit en équilibre sont que les deux forces aient la même intensité, soit même direction mais soient de sens opposés.

Exercice 34.2

1. Le diagramme objet-interaction dont le système est la balle est :

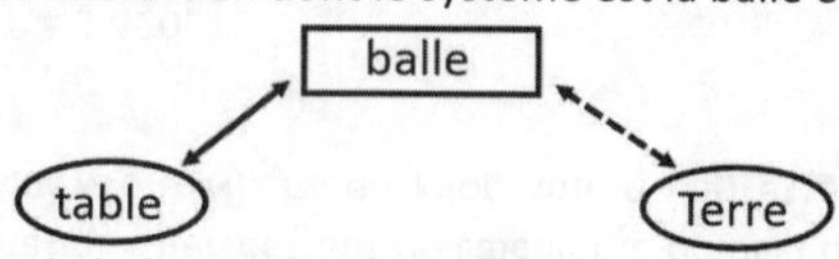

2. Les caractéristiques de la force exercée par la Terre sur la balle sont :
- *point d'application* : le centre de la balle ;
- *direction* : verticale ;

– *sens* : vers le bas ou de haut en bas ;
– *intensité* : 0,3 N car en utilisant la relation $P = m \times g$;

avec g = 10 N/kg et 30 g = 0,03 kg donc $P = 0{,}03 \times 10$ soit $P = 0{,}3$ N.

3. Pour que la balle soit en équilibre il faut que les caractéristiques de la force exercée par la table sur la balle soient :

– *point d'application* : le point de contact entre la balle et la table ;
– *direction* : verticale ;
– *sens* : vers le haut ;
– *intensité* : 0,3 N.

Exercice 34.3

1. Le diagramme objet-interaction dont le système est la corde est :

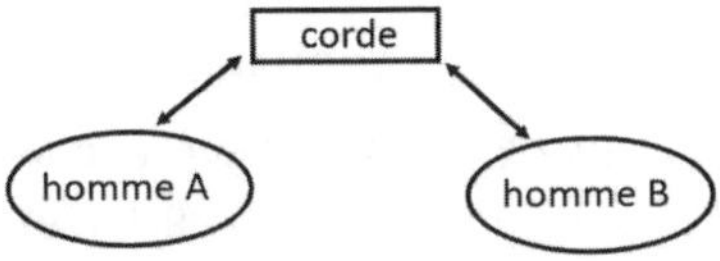

2. Les caractéristiques de la force exercée sur la corde par l'homme A sont :

– *point d'application* : le point de contact entre la corde et l'homme A ;
– *direction* : horizontale ;
– *sens* : de droite à gauche ou vers la gauche ;
– *intensité* : 500 N car la force mesure 2 cm donc $250 \times 2 = 500$.

3. Pour que la corde soit en équilibre il faut que les caractéristiques de la force exercée par l'homme B sur la corde soient :

– *point d'application* : le point de contact entre la corde et l'homme B ;
– *direction* : horizontale ;
– *sens* : de gauche à droite ou vers la droite ;
– *intensité* : 500 N.

35 QU'EST-CE QUE L'ÉNERGIE, SES FORMES ET SES SOURCES ?

Exercice 35.1

1. L'énergie est une grandeur caractérisant l'état d'un système qui subit une ou plusieurs interactions et qui peut permettre de déterminer l'évolution possible du système ou de deux systèmes en interactions.

2. L'unité légale de l'énergie est le joule, une unité usuelle est la calorie ou le kilowattheure.

3. La différence entre une énergie primaire et secondaire est qu'une énergie primaire est une énergie disponible dans l'environnement sans transformation alors qu'une énergie secondaire est obtenue par transformation d'une énergie primaire.

4. Un exemple d'une énergie primaire est l'énergie éolienne et un exemple d'une énergie secondaire est l'énergie électrique.

5. Une énergie est renouvelable si son renouvellement naturel est assez rapide pour qu'elle puisse être considérée comme inépuisable à l'échelle humaine.

6. Un exemple d'une forme d'énergie renouvelable est l'énergie solaire et un exemple d'une forme d'énergie non renouvelable est l'énergie fossile.

Exercice 35.2

1.

FORME D'ÉNERGIE	SOURCE D'ÉNERGIE
Énergie éolienne	Vent
Énergie nucléaire	**Uranium, noyau des atomes**
Énergie électrique	Particule électrique
Énergie fossile	**Pétrole, gaz, charbon**
Énergie hydraulique	Eau d'un barrage
Énergie solaire	**Soleil**
Énergie thermique	Chaleur
Énergie biomasse	**Matières organiques d'origine Végétale ou animale**
Énergie chimique	Particules (atomes, molécules)
Énergie géothermique	**Matières organiques d'origine Végétale ou animale**
Énergie marémotrice	Marée

2. Les différentes sources d'énergie renouvelables du tableau sont l'énergie éolienne, l'énergie hydraulique, l'énergie solaire, l'énergie biomasse, l'énergie géothermique et l'énergie marémotrice.

Exercice 35.3

1. On sait qu'une personne a besoin de 2 082 kcal et que le petit-déjeuner doit apporter 25 % des apports. D'où $\frac{25 \times 2\,082}{100} = 520{,}5$.

L'apport d'énergie du petit déjeuner doit être de 520,5 kcal.

2. 170 + 144 + 30 + 34 + 110 + 50 = 518.

L'apport énergétique du petit-déjeuner de Marie est de 518 kcal.

3. Non. L'apport énergétique du petit-déjeuner de Marie n'est pas satisfaisant car il est inférieur à 520,5 kcal.

4. Si 1 cal = 4,18 J alors $518 \times 4{,}18 = 2\,165{,}24$.

L'énergie du petit-déjeuner de Marie correspond à 2 165,24 J.

36 QU'EST-CE QUE L'ÉNERGIE CINÉTIQUE ?

Exercice 36.1

1. L'énergie cinétique d'un objet est l'énergie qui est emmagasinée lors du déplacement d'un objet.

2. L'unité légale de l'énergie cinétique est le joule.

3. La relation mathématique permettant de calculer l'énergie cinétique d'un objet est $E_c = \frac{1}{2} \times m \times v^2$ avec E_c en joule (J), la masse m en kilogramme (kg) et la vitesse v en mètre par seconde (m/s).

4. L'énergie cinétique d'un objet va quadrupler si sa vitesse est multipliée par deux.

EXERCICE 36.2

1. On a $v = 48$ km/h soit $v = \dfrac{48 \times 1\ 000}{3\ 600}$ m/s donc $v = 13{,}33$ m/s.

La vitesse du scooter est de 13,33 m/s ?

2. La relation mathématique permettant de calculer l'énergie cinétique d'un objet est $E_c = \dfrac{1}{2} \times m \times v^2$ avec E_c en joule (J), la masse m en kilogramme (kg) et la vitesse v en mètre par seconde (m/s).

La masse du conducteur et du scooter est de $m = 95 + 45$; $m = 140$ kg.

Donc $E_c = \dfrac{1}{2} \times 140 \times 13{,}33^2$; $E_c = 12\ 438{,}22$.

L'énergie cinétique totale du scooter et de son conducteur est de 12 438,22 J.

3. Ici v = 48 km/h et $f = 0{,}8$ car le véhicule roule sur une route sèche.

D'où : $D_F = \dfrac{48^2}{254 \times 0{,}8}$ soit $D_F = 11{,}34$.

La distance de freinage nécessaire pour stopper le scooter est de 11,34 m.

4. L'énergie cinétique du scooter lors du freinage va être transformée en énergie thermique par les freins.

EXERCICE 36.3

1. L'unité légale de la masse est le kilogramme or 1 tonne = 1 000 kg. Donc la masse du camion est de 3 500 kg. L'unité légale de l'énergie cinétique est le joule donc $E_c = 1\ 093\ 700$ J.

2. La relation mathématique permettant de calculer l'énergie cinétique d'un objet est $E_c = \dfrac{1}{2} \times m \times v^2$ avec E_c en joule (J), la masse m en kilogramme (kg) et la vitesse v en mètre par seconde (m/s).

D'où $1\ 093\ 700 = \dfrac{1}{2} \times 3\ 500 \times v^2$ soit $1\ 093\ 700 = 1\ 750 \times v^2$

D'où $v^2 = \dfrac{1\ 093\ 700}{1\ 750}$ soit $v^2 = 624{,}97$ et donc $v = 24{,}99$.

La vitesse du camion est de 25 m/s ou 90 km/h.

3. $E_c = \dfrac{1}{2} \times m \times v^2$; d'où $E_c = \dfrac{1}{2} \times 1\ 240 \times 25^2$ donc $E_c = 387\ 500$.

L'énergie cinétique d'une voiture de 1 240 kg roulant à la même vitesse sera de 387 500 J.

4. Comme l'énergie cinétique du camion est bien plus importante que celle de la voiture, lors d'un choc, c'est la voiture qui aura le plus de dégâts.

5. On utilise toujours la relation : $E_c = \frac{1}{2} \times m \times v^2$ d'où :

$$1\ 093\ 700 = \frac{1}{2} \times 1\ 240 \times v^2 \text{ donc } 1\ 093\ 700 = 620 \times v^2 \text{ ; } \frac{1\ 093\ 700}{620} = v^2 \text{ ,}$$

donc $v^2 = 1\ 764{,}03$ soit $v = 42$ m/s ou $v = 151{,}2$ km/h.
La voiture devra avoir une vitesse de 151,2 km/h.

37 QU'EST-CE QUE L'ÉNERGIE POTENTIELLE ?

Exercice 37.1

1. L'énergie potentielle correspond à l'énergie emmagasinée par un objet lors de son déplacement en hauteur.
2. L'unité légale de l'énergie potentielle est le joule comme toutes les énergies.
La relation mathématique permettant de calculer l'énergie potentielle d'un objet est

$$E_p = m \times g \times h$$

avec l'énergie potentielle E_p en joule, la masse m en kilogramme, la hauteur h en mètre et le coefficient de gravité en N/kg.
3. L'énergie potentielle d'un objet augmente si sa masse augmente.

Exercice 37.2

1. La hauteur de la boule de bowling est de 5 m car $1\ \text{dm} = 10^{-1}$ m. La hauteur de la balle de tennis est de 0,5 m car $1\ \text{cm} = 10^{-2}$ m.
2. La masse de la balle de tennis est de 57×10^{-3} kg ou 0,057 kg et la masse de la boule de pétanque est 690×10^{-3} kg ou 0,69 kg.
3. La relation mathématique permettant de calculer l'énergie potentielle d'un objet est $E_p = m \times g \times h$ avec l'énergie potentielle E_p en joule, la masse m en kilogramme, la hauteur h en mètre et le coefficient de gravité g en newton par kilogramme.
D'où :

Objet	Masse (kg)	Hauteur (m)	$E_p(J)$
Balle de tennis	0,057	5	2,8
Boule de bowling	3,5	0,5	17,15
Boule de pétanque	0,690	2,5	16,9

4. On a par ordre décroissant d'énergie potentielle :

$$E_p(\textit{Boule de bowling}) > E_p(\textit{Boule de pétanque}) > E_p(\textit{Balle de tennis}).$$

Exercice 37.3

1. La valeur de l'énergie potentielle d'Alan Eustace est 29 225 200 J ou de $2{,}9225 \times 10^7$ J.

2. La relation mathématique permettant de calculer l'énergie potentielle d'un objet est $E_p = m \times g \times h$ avec l'énergie potentielle E_p en joule, la masse m en kilogramme, la hauteur h en mètre et le coefficient de gravité g en newton par kilogramme.

Donc $29\ 225\ 200 = 72 \times 9{,}8 \times h$ et $29\ 225\ 200 = 72 \times 9{,}8 \times h$ soit $h = \dfrac{29\ 225\ 200}{705{,}6}$ et

donc $h = 41\ 418{,}9$

L'altitude de départ du saut en parachute de Alan Eustace est de 41 418,9 m.

3. Le résultat 2 en arrondi à l'unité est de 41 419 m soit 41,419 km.

38 QU'EST-CE QUE L'ÉNERGIE MÉCANIQUE ?

Exercice 38.1

1. L'énergie mécanique est la somme de l'énergie cinétique et de l'énergie potentielle d'un système.

2. L'unité légale de l'énergie mécanique est le joule.

3. Au cours d'un mouvement sans frottement, l'énergie mécanique se conserve.

Exercice 38.2

1. L'eau stockée dans le lac de retenu possède de l'énergie potentielle car elle se trouve en hauteur.

2. L'eau subit lors de sa chute l'action mécanique du poids.

3. Lors de la chute, l'énergie potentielle de l'eau est convertie en énergie cinétique.

4. L'entrée de la turbine électrique, l'eau possède que de l'énergie cinétique.

5. L'énergie mécanique au cours du parcours de l'eau se conserve et reste la même.

Exercice 38.3

1. La balle au point O possède de l'énergie cinétique car elle possède une vitesse.

2. La relation mathématique permettant de calculer l'énergie cinétique d'un objet est $E_c = \dfrac{1}{2} \times m \times v^2$ avec E_c en joule (J), la masse m en kilogramme (kg) et la vitesse v en mètre par seconde (m/s).

Or $m = 60$ g soit $m = 0{,}06$ kg.

Soit $E_c = \dfrac{1}{2} \times 0{,}06 \times 3{,}7^2$; $E_c = 0{,}03 \times 13{,}69$ donc $E_c = 0{,}4107$.

La valeur de l'énergie cinétique de la balle au point O est de $0{,}41$ J.

3. La valeur de l'énergie potentielle au point O est 0 J car la balle est au sol.

4. L'énergie mécanique est la somme de l'énergie cinétique et de l'énergie potentielle. Donc $E_m = E_c + E_p$ donc $E_m = 0{,}41$ J.

5. Lors d'un mouvement sans frottement l'énergie mécanique se conserve, donc l'énergie mécanique au point P sera toujours de 0,41 J.

6. Lors de la montée de la balle l'énergie cinétique est convertie en énergie potentielle.

7. Au point P, la balle possédera de l'énergie potentielle est celle-ci sera égale à l'énergie mécanique donc de 0,41 J.

39 QU'EST-CE QUE LA PUISSANCE ÉLECTRIQUE ?

Exercice 39.1

1. La puissance d'un appareil représente la capacité d'un appareil à convertir ou échanger de l'énergie (reçue ou donnée) par unité de temps.
2. L'unité légale de la puissance est le watt (W).
3. La relation mathématique pour calculer une puissance électrique est :

$$P = U \times I$$

Avec la puissance P en watt (W), la tension en volt (V) et l'intensité en ampère (A).
Entre deux appareils de puissances différentes, le plus puissant des deux fournira plus d'énergie que l'autre.

4. Dans une maison, si la puissance totale des appareils en fonctionnement dépasse celle de l'abonnement, alors l'installation disjoncte.

Exercice 39.2

1. La relation mathématique permettant de calculer la puissance électrique est : $P = U \times I$ avec la puissance P en watt (W), la tension en volt (V) et l'intensité en ampère (A).
2. En utilisant la relation précédente, on trouve :

	Lampe 1	Lampe 2	Lampe 3	Lampe 4
Tension (V)	220 V	220 V	220 V	220 V
Intensité (A)	0,032	0,023	0,013	0,052
Puissance (W)	7,04	5,06	2,86	11,44

3. La lampe qui éclairera le plus est celle qui a la plus grande puissance, donc c'est la lampe 4.

Exercice 39.3

1. La puissance du four est de 2 500 W.
2. La relation mathématique permettant de calculer la puissance électrique est : $P = U \times I$ avec la puissance P en watt (W), la tension en volt (V) et l'intensité en ampère (A).

Donc $I = \dfrac{P}{U}$ d'où :

$I_{micro\text{-}onde} = \dfrac{800}{220}$ soit $I_{micro\text{-}onde} = 3{,}64$ A.

$I_{lave\text{-}vaisselle} = \dfrac{1\,500}{220}$ soit $I_{micro\text{-}onde} = 6{,}82$ A.

$I_{four} = \dfrac{2\,500}{220}$ soit $I_{micro\text{-}onde} = 11{,}36$ A.

3. $I_{micro\text{-}onde} + I_{lave\text{-}vaisselle} + I_{four} = 3{,}64 + 6.82 + 11{,}36$

donc $I_{micro\text{-}onde} + I_{lave\text{-}vaisselle} + I_{four} = 21{,}82$.

L'intensité totale utilisée par l'ensemble des appareils en fonctionnement est de 21,82 A.
4. Il faudra choisir le fusible de 25 A pour protéger la cuisine.

40 COMMENT CALCULER L'ÉNERGIE ÉLECTRIQUE CONSOMMÉE ?

EXERCICE 40.1

1. L'énergie consommée correspond à l'énergie convertie par un appareil pendant une seconde.
2. L'unité légale de l'énergie est le joule et l'unité usuelle utilisée pour l'énergie électrique consommée est le kilowattheure.

3. Le rapport entre ces deux unités est : $1 \text{ kWh} = 3{,}6 \times 10^6 \text{ J}$.

4. La relation mathématique pour calculer l'énergie électrique consommée est : $E = P \times t$ avec l'énergie consommée en joule (J), la puissance P en watt (W) et le temps t en seconde (s).

EXERCICE 40.2

1. La relation mathématique permettant de calculer l'énergie électrique consommée est :
$E = P \times t$ avec l'énergie consommée en wattheure (Wh), la puissance P en watt (W) et le temps t en heure (h).
2. En utilisant la relation :

$E = P \times t$ or $35 \text{ min} = \dfrac{35}{60}$ soit 35 min = 0,583 h et dans une année il y a 365 jours

donc $t = 2{,}583 \times 365$ soit $t = 942{,}79$ h.

Donc $E = 300 \times 2{,}583$ donc $E = 774{,}9$.

L'énergie électrique convertie par jour par ce téléviseur est de 774,9 Wh.
3. Une année correspond à 365 jours, donc pour une année on a :
$E = 774{,}9 \times 365$ soit $E = 282\,838{,}5$ Wh.
La quantité d'énergie convertie en une année par le téléviseur est de 282,8 kWh.
4. Comme le prix du kilowattheure est de 0,15 €, alors $282{,}8 \times 0{,}15 = 42{,}42$ €.
Le coût de fonctionnement du téléviseur pendant une année sera de 42,42 €.

EXERCICE 40.3

1. En utilisant la relation : $E = P \times t$ donc $P = \dfrac{E}{t}$.

Or $40 \text{ min} = \dfrac{40}{60}$ soit 40 min = 0,67 h donc $P = \dfrac{1\,670}{0{,}67}$ soit $P = 2\,492$.

La puissance qui a été utilisée est de 2 492 W.
2. L'appareil électrique qui a fonctionné est le radiateur électrique.

3. On sait que $1 \text{ kWh} = 3{,}6 \times 10^6$ J donc $E = 1{,}647 \times 3{,}6 \times 10^6$ donc :
$E = 6\,012\,000$.
L'énergie électrique consommée est de 6 012 000 J.

41 COMMENT PRODUIRE DE L'ÉNERGIE ÉLECTRIQUE ?

EXERCICE 41.1

1. La fabrication d'énergie l'électrique se fait généralement par conversion d'énergie cinétique par avec un alternateur.
2. Un alternateur est composé d'un rotor (aimant) qui tourne autour du stator (fils de cuivre enroulés).
3. Les différentes centrales électriques sont les centrales nucléaires, les centrales thermiques à flamme, les centrales hydroélectriques et les éoliennes.

EXERCICE 41.2

1. $7\,000\,000 \times 2{,}4 \times 10^6 = 16{,}8 \times 10^{12}$.

La consommation des habitants de la ville de Paris représente une énergie de $16{,}8 \times 10^{12}$ Wh.

2. Comme 1 giga correspond à 10^9 et que $16{,}8 \times 10^{12}$ Wh $= 16{,}8 \times 10^9 \times 10^3$ Wh donc $16{,}8 \times 10^{12}$ Wh $= 16{,}8 \times 10^3$ GWh.

La consommation est donc de $16{,}8 \times 10^3$ GWh.

3. Une centrale produit 7 000 GWh donc $\dfrac{16{,}8 \times 10^3}{7\,000} = 2{,}4$.

Pour couvrir la consommation de la ville de Paris, il faut trois centrales nucléaires.

EXERCICE 41.3

1. 1 GWh = 1 000 MWh, donc 4 030 MWh = 4,03 GWh.
La production électrique annuelle d'une éolienne est de 4,03 GWh.
2. L'énergie nucléaire produit 75 % des besoins en électricité, donc :

$$\frac{478\,200 \times 75}{100} = 358\,650.$$

L'ensemble des centrales nucléaires produisent une quantité d'énergie électrique de 358 200 GWh.

3. Une centrale nucléaire produit 7 000 GWh donc $\dfrac{358\,650}{7\,000} = 51{,}23$.

Il faut 52 centrales nucléaires sont pour produire 75 % de besoins en électricité.

4. Une éolienne produit 4,03 GWh donc $\dfrac{358\,650}{4{,}03} = 88\,995{,}03$.

Il faudrait 88 996 éoliennes pour replacer une centrale nucléaire ?
5. Non, car la quantité est beaucoup trop importante.

42 COMMENT FAIRE UN DIAGRAMME DE BILAN D'ÉNERGIE ?

EXERCICE 42.1

1. Un diagramme de bilan d'énergie représente les échanges et conversions d'énergie d'un système ou d'une chaîne de système.
2. Pour réaliser un diagramme de bilan d'énergie, il faut utiliser différentes formes géométriques.

3. Le diagramme de bilan d'énergie d'une lampe est :

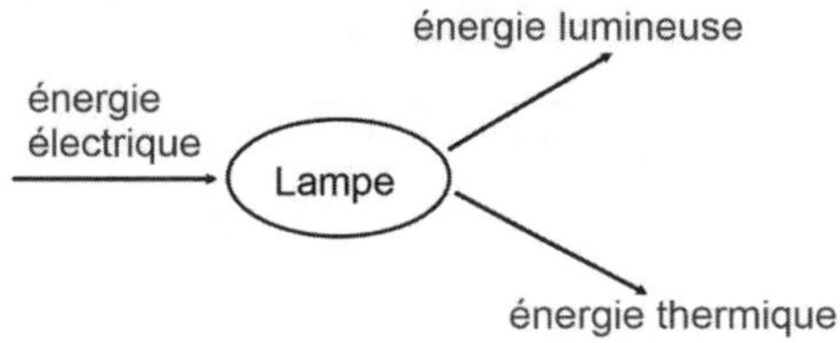

EXERCICE 42.2

1. La voiture utilise de l'essence donc de l'énergie fossile.
2. La voiture, avant le choc, est en mouvement avec une vitesse donc elle possède de l'énergie cinétique.
3. Comme la voiture percute un mur et freine, elle convertira son énergie en énergie de déformation et en énergie thermique.
4. Le digramme de bilan d'énergie est :

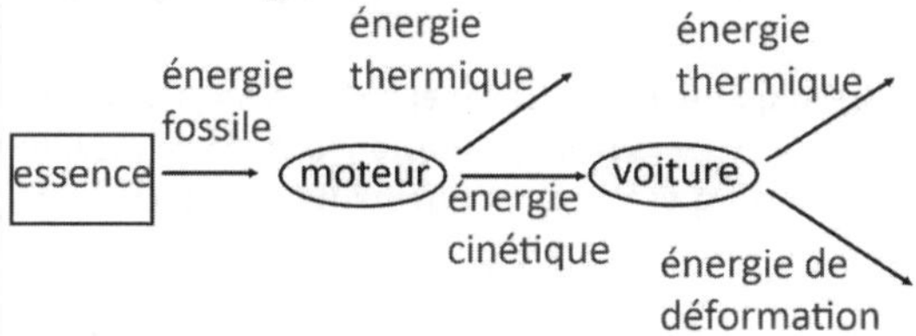

EXERCICE 42.3

1. La centrale décrite dans le texte utilise de l'uranium.
2. Non, cette source d'énergie n'est pas renouvelable.
3. Cette énergie correspond à de l'énergie nucléaire.
4. Le diagramme énergétique de la chaîne énergétique est :

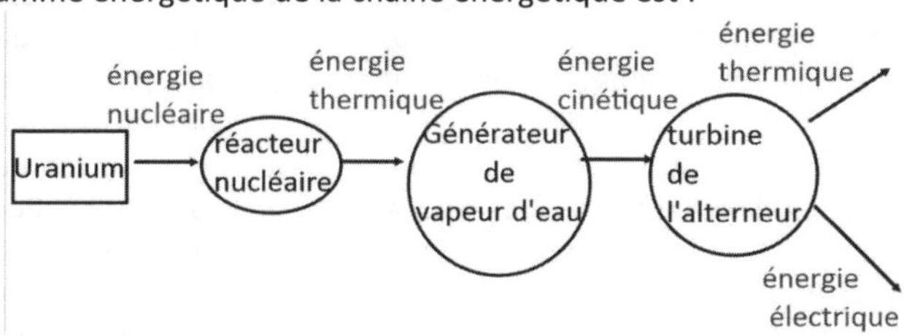

43 QU'EST-CE QU'UNE RÉSISTANCE ?

EXERCICE 43.1

1. Un conducteur permet la circulation du courant électrique alors qu'un isolant l'empêche.
2. La résistance est une grandeur correspondant à la capacité des matériaux à faire circuler plus ou moins rapidement le courant électrique.
3. L'unité légale de la résistance est l'ohm.
4. L'effet de la résistance d'un conducteur est de convertir l'énergie électrique en énergie thermique.
5. L'appareil permettant de mesurer la résistance est un ohmmètre.

Exercice 43.2

1. La valeur du résistor R_2 est de 300 Ω.
2. Plus la résistance d'un résistor augmente moins le résistor est conducteur.
3. Plus la résistance augmente plus la valeur du courant électrique diminue.
4. Les intensités sont de : 0,04 A = 40 mA ; 0,088 A = 88 mA et 0,02 A = 20 mA.
5. L'intensité du courant électrique mesurée pour chaque résistor est :

Résistor	R_1	R_2	R_3
Résistance (Ω)	68	300	150
Intensité (mA)	88	20	40

Exercice 43.3

1. Plus l'épaisseur d'un résistor augmente plus la valeur du résistor diminue.
2. Le classement des différents résistors par valeur croissante de résistance, d'après la valeur de leur épaisseur est : $Rc > Ra > Rb$
3. Plus la longueur d'un résistor augmente plus la résistance augmente.
4. Le classement des différents résistors par valeur croissante d'après la valeur de leur longueur est : $Ra > Rd > Rb$
5. Plus la résistance d'un résistor augmente plus sa température augmente.
6. Le classement des différents résistors par valeur croissante d'après la valeur de leur température en fonctionnement est $Rc > Rd > Rb$.
7. Le classement des différents résistors par valeur croissante est :

$$Rc > Ra > Rd > Rb$$

Donc les valeurs des résistors sont :

$$RC = 33\ \Omega,\ Ra = 68\ \Omega,\ Rd = 100\ \Omega \text{ et } Rb = 150\ \Omega.$$

44 QU'EST-CE QUE LA LOI D'OHM ?

Exercice 44.1

1. La loi d'Ohm est la relation mathématique reliant la tension U, la résistance R et l'intensité I du courant électrique. Cette relation est :
$U = R \times I$ avec la tension U en volt (V), la résistance R en ohm (Ω) et l'intensité I en ampère (A).
2. La caractéristique d'un dipôle est le graphique de la tension aux bornes du dipôle en fonction de l'intensité qui le traverse.
3. Un conducteur ohmique est un dipôle qui vérifie la loi d'Ohm ou dont la caractéristique est une droite passant par l'origine.
4. Le montage permettant de tracer la caractéristique d'une résistance est :

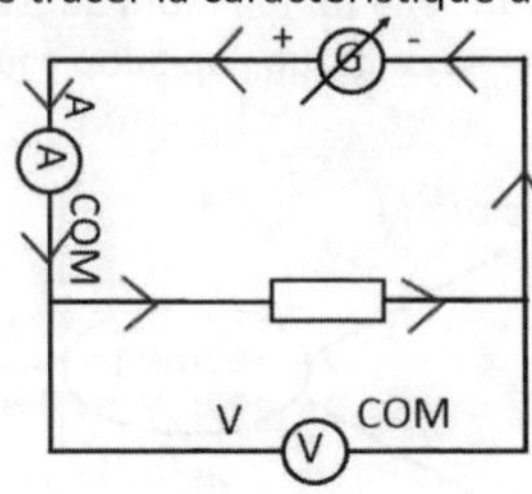

Exercice 44.2

1. La valeur de l'intensité est de 75 mA = 0,75 A.
La relation mathématique vérifiée par la loi d'Ohm est $U = R \times I$ avec la tension U en volt (V), la résistance R en ohm (Ω) et l'intensité I en ampère (A).
2. En utilisant la relation, on a $U = R \times I$ soit $U = 120 \times 0,75$ donc U = 90.
La tension aux bornes du résistor est de 90 V.

3. En utilisant la relation, on a $U = R \times I$ alors $I = \frac{U}{R}$ soit $I = \frac{30}{120}$ donc $I = 0,25$.
L'intensité traversant le résistor pour une tension de 30 V est 0,25 A.

Exercice 44.3

1. Le schéma du circuit électrique ayant permis de réaliser les mesures du graphique est :

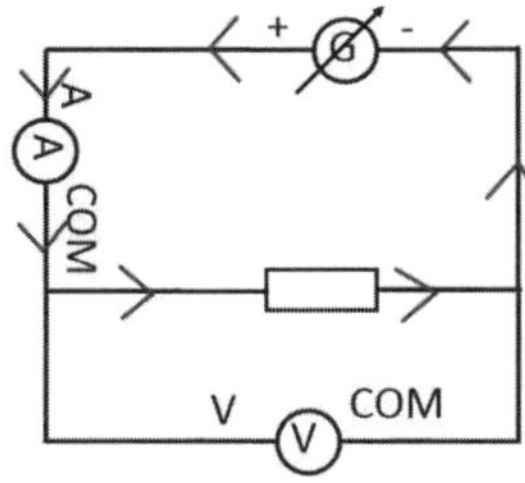

2. D'après le graphique, la caractéristique du dipôle est une droite passant par l'origine dont c'est un conducteur ohmique.
3. Graphiquement la tension pour une intensité de 0,02 A est de 1,4 V.
4. Graphiquement l'intensité pour une tension de 3 V est 0,044 A.
5. Comme le dipôle est un conducteur ohmique, il vérifie la loi d'Ohm : $U = R \times I$ avec la tension U en volt (V), la résistance R en ohm (Ω) et l'intensité I en ampère (A).

alors $R = \frac{U}{I}$ soit $R = \frac{3}{0,044}$ donc $R = 68,18$.
La valeur de la résistance du dipôle arrondie au dixième est de 68,2 Ω.

45 QU'EST-CE QU'UNE ONDE ?

Exercice 45.1

1. Une onde est la propagation de proche en proche d'un signal et qui est accompagnée d'un transfert d'énergie.
2. Le milieu de propagation est la matière servant au déplacement de l'onde.
3. Les deux types d'onde sont les ondes mécaniques et les ondes électromagnétiques.
4. Une onde périodique est une onde qui possède un motif qui se répète régulièrement.

Exercice 45.2

Les signaux périodiques sont les signaux 1 et 3 car ils possèdent un motif qui se répète. Les signaux non périodiques ou apériodiques sont les signaux 2 et 4.

Exercice 45.3

Le motif élémentaire des différents signaux périodiques est :

Signal 1 Signal 2 Signal 3

46 QUELLES SONT LES CARACTÉRISTIQUES D'UNE ONDE ?

Exercice 46.1

1. Pour caractériser une onde, il faut connaître sa vitesse de propagation et sa fréquence.
2. La période d'une onde est la durée d'un motif élémentaire.
3. La fréquence d'une onde représente le nombre de motif élémentaire par seconde.
4. L'unité légale de la fréquence est le hertz (Hz).
5. La relation mathématique permettant de calculer la fréquence d'une onde est :

$f = \frac{1}{T}$ avec la fréquence en hertz (Hz) et la période T en seconde(s).

Exercice 46.2

1. Graphiquement la période du signal est de 0,5 s.
2. Graphiquement, on compte deux motifs pour une seconde, donc la fréquence du signal est de 2 Hz.

Exercice 46.3

1. Graphiquement la période du signal est 0,1 s.
2. La relation mathématique permettant de calculer la fréquence d'une onde est :

$f = \frac{1}{T}$ avec la fréquence en hertz (Hz) et la période T en seconde(s).

3. En utilisant la relation, $f = \frac{1}{T}$ soit $f = \frac{1}{0,1}$ donc $f = 10$.

La fréquence du signal représenté est de 10 Hz.

Exercice 46.4

La relation mathématique permettant de calculer la fréquence d'une onde est :

$f = \frac{1}{T}$ avec la fréquence en hertz (Hz) et la période T en seconde(s) donc $T = \frac{1}{f}$ soit

$T = \frac{1}{250}$ donc T = 0,004.

La période du signal est de 4×10^{-3} Hz .

47 QUELS SONT LES DIFFÉRENTS TYPES DE RAYONNEMENTS ?

Exercice 47.1

1. Un rayonnement est la manière d'émission et de propagation d'énergie d'un signal.
2. Les deux types de rayonnement sont les rayonnements acoustiques ou sonores et les rayonnements électromagnétiques.
3. Un rayonnement va être caractérisé par une bande de fréquence.
4. Comme rayonnements électromagnétiques, on peut citer les rayons basses fréquences, les rayons des ondes radio, les rayons micro-ondes, les rayons infra-rouges, les rayons visibles, les rayons ultraviolets, les rayons X, les rayons gamma et les rayons cosmiques.

Exercice 47.2

1. Les fréquences de chacun des objets converties en hertz et écrites en notation scientifique sont :

Objet	Fréquence	Fréquence en notation scientifique en Hz	Type rayonnement
1	104 mhz	$1{,}04\times10^{8}$	Onde radio
2	3,25 thz	$3{,}25\times10^{12}$	Infrarouge
3	1,8 ghz	$1{,}8\times10^{9}$	Micro-ondes
5	600 000 000 000 000 Hz	6×10^{14}	Domaine visible

2. Le rayonnement électromagnétique de chacun des objets est donné dans le tableau précédent.
3. Avec le tableau, on identifie que l'objet 1 est une radio FM, l'objet 2 est une télécommande, l'objet 4 est un téléphone portable, l'objet 5 est une lampe.

Exercice 47.3

1. Les téléphones portables utilisent un rayonnement micro-ondes.
2. La vitesse de propagation d'une onde électromagnétique dans l'air correspond à la vitesse de la lumière donc 3×10^{8} m/s .
3. La relation mathématique permettant de calculer une vitesse est :

$v=\dfrac{d}{t}$ avec la vitesse v est en mètre par seconde (m/s), la distance parcourue, d est en mètre (m) et la durée du parcours t , sera en seconde (s).

4. En utilisant la relation précédente, $v=\dfrac{d}{t}$ soit $t=\dfrac{d}{v}$ donc $t=\dfrac{8\ 000\ 000}{3\times10^{8}}$ donc t = 0,026 s.

La durée de propagation de l'onde entre les deux téléphones est de 26 ms.
5. On déduit du résultat qu'il y a un petit temps entre le moment ou une personne parle et que l'autre personne reçoive le signal.

Corrigés

48 QU'EST-CE QUE LA LUMIÈRE ?

Exercice 48.1

1. La lumière est onde électromagnétique
2. Une source primaire est un objet qui produit la lumière qu'il envoie.
3. Un objet diffusant est un objet qui réfléchit une partie de la lumière qu'il reçoit dans toutes les directions.
4. La lumière se propage en ligne droite.

5. La vitesse de la lumière dans l'air est de 3×10^8 m/s .

Exercice 48.2

	Source primaire	Source secondaire
Objet	Étoile, ver luisant, lampadaire, bougie, feu de cheminée	Lune, satellite artificiel, pomme, Mars

Exercice 48.3

1. La condition pour qu'un objet soit vu est que l'objet reçoive de la lumière d'une source primaire et que nos yeux reçoivent la lumière qui est réfléchie par l'objet.
2. Le tracé des différents rayons lumineux permettant de déterminer les objets qui seront vus par l'œil est :

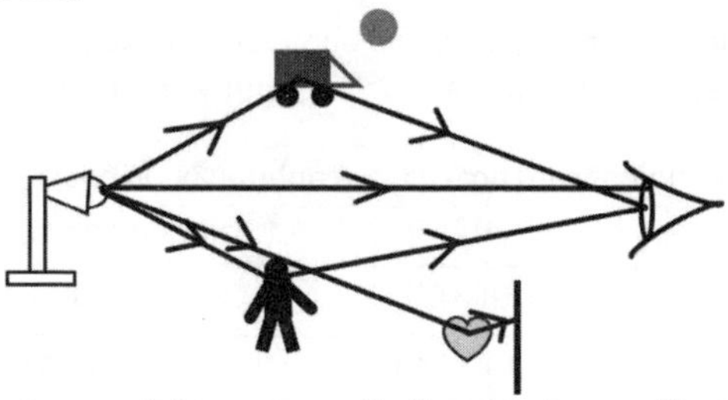

3. Les objets qui vont pouvoir être vus par l'œil sont la lampe, l'homme et la voiture.

49 QU'EST-CE QU'UN SON ?

Exercice 49.1

1. Une onde sonore est une onde mécanique.
2. Un son est obtenu par la création d'une vibration.
3. Un son pur est un signal dont la fréquence et l'amplitude sont constantes au cours du temps.
4. L'intervalle des fréquences des sons audibles est entre 20 Hz et 20 000 Hz.
5. Un ultrason est un son dont la fréquence est supérieure 20 000 Hz.

Exercice 49.2

1. L'intervalle des fréquences perçu par un humain est entre 20 Hz et 20 000 Hz.
2. Les fréquences perçues par les éléphants sont entre 10 Hz et 10 000 Hz, donc les éléphants perçoivent les infrasons et les sons audibles.
3. Les chauves-souris perçoivent les fréquences entre 9 000 Hz et 90 000 Hz donc elles perçoivent les sons audibles et les ultrasons.
4. Le cri d'alerte des souris étant de 40 000 Hz, les dauphins, les chiens et les chauves-souris pourront l'entendre.

5. Le cri d'alerte des éléphants étant de 15 Hz, seuls les chiens pourront l'entendre.

Exercice 49.3

1. La différence entre un son pur et un son complexe est qu'un son pur contient une seule fréquence alors qu'un son complexe est un mélange de plusieurs sons purs.
2. Un bruit n'a pas de motif élémentaire donc pas de fréquence caractéristique.
3. Le son 1 est un son complexe, le son 2 est un son pur et le son 3 est un bruit.

50 QUELLES SONT LES CARACTÉRISTIQUES D'UN SON ?

Exercice 50.1

1. Il n'y a pas une vitesse d'un son car elle dépend du milieu de propagation.
2. La valeur de la vitesse du son dans l'eau est de 1 500 m/s.
3. La différence entre un son aigu et grave est qu'un son aigu a une fréquence élevée alors qu'un son grave une fréquence basse.
4. L'intensité d'un son dépend de l'amplitude de la vibration sonore perçue et correspond à la force avec laquelle les molécules d'air frapperont le tympan de l'oreille.

Exercice 50.2

1. Pour le premier son, en 0,02 s on peut compter quatre périodes.

2. $\frac{0{,}02}{4} = 0{,}005$ donc la période de premier son est 0,005 s.

3. La relation mathématique permettant de calculer la fréquence d'une onde est : $f = \frac{1}{T}$ avec la fréquence en hertz (Hz) et la période T en seconde(s) donc $f = \frac{1}{0{,}005}$ soit $f = 200$.

La fréquence du premier son est de 200 Hz.
4. Graphiquement la période du deuxième son est 0,02 s.

5. En utilisant la relation précédente, $f = \frac{1}{0{,}02}$ soit $f = 50$.

La fréquence du deuxième son est de 50 Hz.
6. Le son le plus aigu est le premier son car sa fréquence est la plus élevée et le premier son est le son ayant le plus d'intensité sonore car son amplitude est la plus grande.

Exercice 50.3

1. Oui, il faut se protéger lorsqu'on utilise une tronçonneuse son niveau sonore est dans l'intervalle des bruits dangereux.
2. Comme 115 – 85 = 30 dB, il faut donc employer un casque pour être en dessous du seuil de 85 dB.
3. 115 – 25 = 90 dB, donc une personne se trouvant à 2 m ne peut pas s'endormir avec des bouchons d'oreilles car le seuil d'endormissement est de 30 dB maximum.

4. À chaque fois que l'on double la distance, on atténue le niveau sonore de 6 dB. Or 90 – 30 = 60. $\frac{60}{8}=7{,}5$ donc il faudra doubler la distance 10 fois, soit 2, 4, 8, 16, 32, 64, 128, 256, 512.
Donc la personne devra s'éloigner de presque 512 m pour s'endormir.

51 COMMENT MESURER DES DISTANCES AVEC LE SON ET LA LUMIÈRE ?

Exercice 51.1

1. La propriété est utilisée pour mesurer des distances avec un signal est que les ondes se propagent en ligne droite.
2. Le phénomène, qui fait qu'une onde est réfléchie sur les objets, est appelé l'écho.
3. Dans le vide, les ondes sonores ne se propagent pas car elles ont besoin d'un milieu de propagation.
4. La relation mathématique qui est utilisée pour calculer une distance est :

$$v=\frac{d}{t}$$

Exercice 51.2

1. Le dessin est :

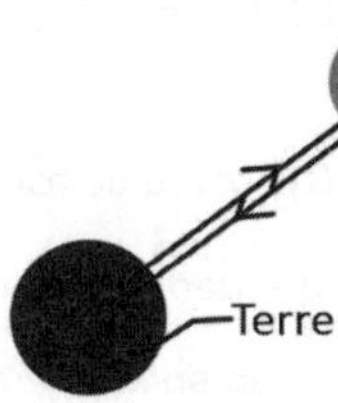

2. La vitesse de la lumière dans le vide est 3×10^8 m/s .
3. La relation mathématique permettant de calculer une vitesse est :

$$v=\frac{d}{t}$$

4. Avec la relation précédente, on :

$$v=\frac{2d}{t} \text{ soit } 310^8=\frac{2d}{2{,}43} \text{ donc } d=\frac{310^8\ 2{,}56}{2} \text{ donc } d=3{,}844\ 10^8$$

La distance Terre-Lune est de $3{,}645\times10^8$ m soit 3 645 000 km .

Exercice 51.3

1. La vitesse des ondes ultrasonores dans l'eau est 1 500 m/s.
2. Le temps de propagation est 0,006 s.
3. En utilisant la relation :

$$v=\frac{2\times d}{t} \text{ soit } 1\,500=\frac{2\times d}{0{,}006} \text{ donc } d=\frac{1\,500\times0{,}006}{2} \text{ donc } d=4{,}5$$

La profondeur du banc de poisson est 4,5 m.

4. La vitesse de propagation est de 340 m/s dans l'air.

Donc $v = \dfrac{2 \times d}{t}$ soit $340 = \dfrac{2 \times d}{0{,}006}$ donc $d = \dfrac{340 \times 0{,}006}{2}$ donc $d = 1{,}02$

Le papillon serait à 1,02 m de la chauve-souris pour le même temps de propagation.

52 COMMENT UTILISER UNE ONDE POUR TRANSMETTRE UNE INFORMATION ?

Exercice 52.1

1. Un signal sonore peut transmettre des informations différentes suivant la variation de fréquence et la variation d'intensité.
2. Une chaîne de transmission contient obligatoirement un émetteur et un récepteur.
3. Un signal sonore est transformé en signal électrique pour être transporté plus loin.
4. On utilise un codage binaire avant de transmettre une information.
5. L'avantage d'une fibre optique est qu'elle permet de transporter la lumière sur de très longues distances.

Exercice 52.2

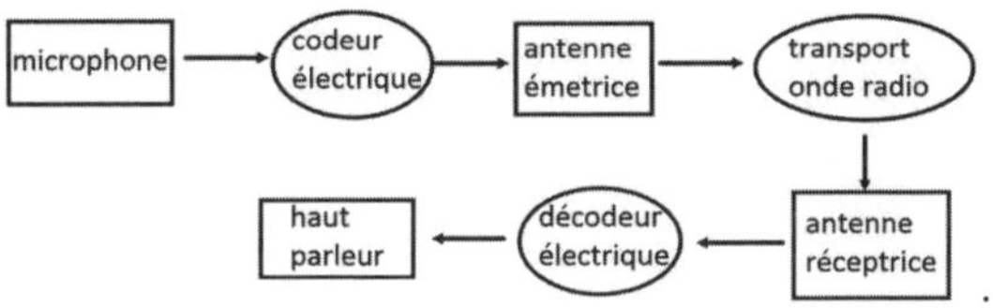

Exercice 52.3

1. « bonjour » avec l'alphabet morse devient :

—••• ——— —• •——— ——— ••— •—•

2. Lors de l'utilisation du morse avec un signal lumineux, l'émetteur est une lampe et le récepteur est l'œil.
3. Un inconvénient peut être, qu'il est visible par tout le monde, il n'est pas visible sur des très longues distances et il ne faut pas d'obstacles.
4. Lors de l'utilisation du morse avec un signal sonore, un émetteur peut être le claquement des mains, un sifflet, un instrument de musique et un récepteur est l'oreille ou un microphone.
5. Un inconvénient peut être qu'il ne peut pas être audible sur des longues distances, tout le monde peut l'entendre.

Imprimé en Italie par «La Tipografica Varese Srl» Varese